존 레논의 말

지은이 **켄 로런스** Ken Lawrence

워싱턴 D.C.에 살면서 20년 이상 수많은 정치인과 유명인사의 이야기를
다루어왔다. 마이클 무어, 도널드 트럼프, 버락 오바마, 오프라 윈프리 등
여러 유명인사의 말을 담은 책을 집필했다.

JOHN LENNON: In His Own Words by Ken Lawrence

Copyright © 2005 by Ken Lawrence
All rights reserved.
This Korean edition was published by Book21 Publishing Group in 2018
by arrangement with Andrews McMeel Publishing, a division of Andrews McMeel Universal
through KCC(Korea Copyright Center Inc.), Seoul.

이 책의 한국어판 저작권은 KCC 에이전시를 통해 켄 로런스와 독점 계약한
(주) 북이십일에 있습니다.
저작권법에 의해 한국 내에서 보호를 받는 저작물이므로 무단전재와 복제를 금합니다.

존 레논의 말

JOHN LENNON
IN HIS OWN WORDS

켄 로런스 지음 / 이승열 옮김

차례

노래로 세상을 바꾼 남자, 존 레논

1994년에 로큰롤 명예의 전당 및 박물관 측은 존 레논을 헌액하면서 그의 업적을 이렇게 요약했다. "존 레논이 로큰롤을 처음 만든 사람은 아니다. 엘비스 프레슬리나 리틀 리처드처럼 로큰롤의 기념비적인 상징 같은 사람도 아니다. 하지만 존 레논만큼 로큰롤을 뒤흔들고 로큰롤을 전진시키고 로큰롤에 양심을 불어넣은 사람은 일찍이 없었다."

박물관 측의 평가는 정확하다. 세계에서 가장 유명한 팝 그룹 중 하나인 비틀스의 일원으로서 존 레논은 이후 수십 년 동안 음악계의 지형도가 만들어지는 데 중요한 역할을 했다: 때로 평론가들은 "너무 팝직"이라며, 사랑 노래가 지나치게 감상적이다, 대중의 입맛에 맞추려 한다 등의 이유로 비틀스를 공격했지만, 팬들은 아랑곳하지 않았다. (그 시절 기준으로) 튀는 긴 머리나 옷차림 때문에 비틀스가 기성 질서로부터 훅핑을 받을수록, 비틀스의 팬들은 오히려 늘어만 갔다.

다른 그룹들은 사라졌어도 비틀스는 살아남았다. 그들의 음악이 시간이 지나는 동안 변화를 거듭했기 때문이다. 비틀스는 늘 흥미롭고 시사하는 바가 크며 한 가지만으로 해석할 수 없는 노래들을 발표했다. 존 레논은 바로 이런 흐름을 주도했으며, 비틀스가 해체될 무렵에는 이런 새로운 방향성이 훨씬 더 대담해진 형태로 확장되었다.

주로 음악가로 활동하던 시절의 존 레논은 사회적인 문제작이나 자아 성찰적인 곡, 심지어 영적인 경지를 추구하는 음악을 자주 만들었다. 그럴 때에도 미래에 대한 긍정적이고 희망적인 시각을 잃지 않았다. 하지만 1960년대와 1970년대의 사회적·문화적 격동기를 지나던 그 시대의 다른 음악가들과 항상 같은 의견을 보인 것은 아니었다. 그의 가사에는 어린 시절 자신이 겪은 혼란스러운 경험이 드러날 때가 많았다. 1940년 10월 9일에 태어난 존 레논의 미들네임은 윈스턴이었는데, 영국 수상이었던 윈스턴 처칠의 이름을 따왔다. 다섯 살 때 부모가 이혼한 후에는 리버풀 교외 울튼이란 곳에 살던 이모네 집에 들어가 살았다. 이모인 미미는 레논이 열여섯 살 때 처음 기타를 사주었다. 그 해 존 레논은 쿼리멘 The Querrymen이라는 록 밴드를 만들었는데, 결국 이 밴드가 나중에 비틀스가 되었다. 레논이 메인 보컬이었지만 폴 매카트니 Paul McCartney도 함께 노래를 나누어 불렀다. 매카트니가 좀 더 팝음악에 충실한 스타일인 반면, 레논은 예리하고 잠신한 노래를 썼다. 하지만 작사자, 작곡자를 등록할 때에는 늘 두 사람의 이름을 함께 올렸다.

레논은 미술 학교 시절의 동급생 친구인 신시아 파월 Cynthia Powell과 사귀다, 아이가 생기자 결혼했다. 비틀스를 결성한 직후인 1963년에 아들 줄리언이 태어났지만, 이 결혼은 처음부터 잘될 가능성이 크지 않았다. 그러다 레논이 대놓고 예술가인 요코 오노 Yoko Ono와 데이트를 시작했을 때 결국 이 가정은 깨지고 말았다. 1968년에 존 레논과 신시아 파월이 공식적으로 이혼한 뒤 레논은 아들을 버리고 떠났다. 나중에 음악가가 된 줄리언 레논 Julian Lennon의 입장에서 이때 받은 상처는 결코 치유될 수 없는 것이 있다.

불안정했던 사생활과는 대조적으로, 레논의 음악 경력은 1960년에 서독 함부르크에서 첫선을 보인 비틀스 공연을 시작으로 화려하게 꽃을 피웠다. 그룹을 알리는 데 이때의 공연이 얼마나 결정적이었는지에 대해 레논은 나중에 이렇게 말할 정도였다. "나는 함부르크에서 어른이 되었습니다." 영국으로 돌아온 후에는 브라이언 엡스타인 Brian Ebstein 과 매니저 계약을 맺었고, 그 후 조지 마틴 George Martin 을 프로듀서로 하는 음반 계약을 맺었다.

비틀스가 세계 순회공연을 시작했을 때 레논은 비틀스에서 거침없이 말하는 멤버, 특히 농담을 잘하는 멤버로 알려졌다. 일련의 공연을 위해 어떤 도시에 도착하면 그들은 거기서 텔레비전과 라디오를 통해 전 세계로 중계되는 짧은 기자회견을 가졌다. 레논은 잘난 척 비꼬는 농담을 던지는 데 늘 일가견이 있었다. 그가 하는 농담에는 자신들을 향해 쏟아지는 그 모든 관심에 대한 신랄하고도 냉소적인 태도가 자주 묻어났다. 인기에 연연하지 않는 듯한 이런 태도 덕분에 열성적인 충성파 팬들은 더욱 늘어만 갔다.

그런데 음악뿐만 아니라 영역을 넓혀 레논은 자신의 첫 책 『In His Own Write』를 출간한다. 1964년 3월에 출간된 이 책은 나오자마자 베스트셀러 반열에 올랐다. 같은 해, 비틀스는 자신들의 첫 번째 영화 <A Hard Day's Night>에 출연했다. 그로부터 1년 후에 레논은 다음 영화의 주제가이자 영화와 같은 제목의 노래인 <Help!>를 썼다. 이 노래는 레논의 인생에서 중요한 십점이 됐다. 나중에 레논은 이렇게 말했다.

"그때는 나도 몰랐어요. 그냥 영화 음악 의뢰를 받고 쓴 곡이거든요. 그런데 나중에 깨달은 거예요. 내가 진짜로 구조 요청을 보내고 있었다는 걸……. <Help!>는 시적이긴 하지만 당시 내 모습을 담은 노래예요. 음악으로 내 상태를 고스란히 드러낸 거죠.
비틀스 광풍은 내가 이해할 수 있는 수준을 넘어섰죠. 난 그저 돼지처럼 먹고 마시고 돼지처럼 살이 쪘어요. 내 자신이 맘에 안 들었어요. 그래서 나도 모르게 무의식적으로 누가 나 좀 도와달라고 소리치고 있었던 겁니다. 난 뚱뚱이 시절의 엘비스 프레슬리 같았어요."

그 자신은 불만족스러운 상태였음에도 불구하고 비틀스 광풍은 계속되었다. 발표하는 곡들마다 차트에서 1위를 차지하고 전 세계를 다니며 콘서트를 할 때마다 매진 사례를 기록했다. 그중에는 1965년 8월에 뉴욕 쉐이 스타디움에서 열린 6만 명 규모의 공연도 있었다. 비틀스는 심지어 1965년에 대영 제국 훈장을 받는 최고의 명예를 누리기도 했다. 레논은 몇 년 후, 정치적 지향의 일환으로 이 훈장을 반납한다.

존 레논은 논란의 주인공이 될 때가 많았는데, 어떤 경우에는 사소한 거였고 또 어떤 경우에는 의도치 않게 휩쓸렸다. 1965년에 런던의 《이브닝 스탠더드 Evening Standard》지는 레논과의 인터뷰를 지면에 실으면서, 그의 말을 이렇게 인용했다. "지금 우리는 예수보다 유명하다." 하지만 이

말은 전체 맥락에서 보지 않고 그 말만 쏙 빼온 것이었다. 레논이 실제 말한 내용은, 예수가 살던 시대에 비하면 지금의 세상은 사람들이 비교할 수 없을 정도로 훨씬 많은데다, 텔레비전과 신문과 라디오 같은 매체까지 있으니 그 덕분에 지금은 예수보다 비틀스를 아는 사람이 수적으로 더 많을 거란 뜻이었다. 하지만 진의가 어떻든 아무 소용없었다. 어쨌든 저 말은 1966년에 순회공연을 시작하기 바로 전날에 알려져 미국에서 엄청난 반감을 불러일으켰다. 라디오 방송국들은 비틀스 노래를 틀기를 거부했다. 극우 단체인 KKK단을 비롯한 일각에서는 그들의 음반과 책을 불태웠다. 그러나 이런 혼란이 공연장을 찾는 관객들에게는 아무런 영향을 미치지 못했다. 비틀스는 언제나처럼 인기 폭발이었다. 레논은 이후 몇 달에 걸쳐서 자신의 원래 의도를 해명했고, 바티칸 교황청은 그의 사과를 받아들였다.

그해 후반기에 존 레논은 리처드 레스터 Richard Lester의 영화 <How I Won the War>에서 그립우드 졸병 역을 연기했다. 비틀스의 멤버가 아닌 개인 자격으로 처음 출연한 영화였다. 그래서 이때부터 비틀스가 와해되고 있다는 소문이 퍼지기 시작했다. 이 소문은 사실이었지만, 비틀스는 보란 듯이 1967년에 <Sgt. Pepper's Lonely Hearts Club Band>를 발표한다. 비틀스의 앨범 중에서 가장 혁신적인 앨범이자 가장 인기 있는 작품 가운데 하나였다.

이 무렵 레논은 아직 신시아와 결혼을 유지한 상태였음에도 공공연하게 요코 오노와 딴살림을 차렸고, 런던에서 열린 미술 전시회에 요코와 같이 잠식했다. 레논은 비틀스를 떠나 요코와 새로운 인생을 향해 가면서 LSD를 비롯한 각종 약물을 체험하기 시작했다. 많은 팬들은 요코 오노가 비틀스 안에 분화를 조장했다고 여겨 기분했으며, 그녀를 비난했다. 그 당시 비틀스 측은 이 주장을 부인했다. 그러나 결과적으로 이것이 그들이 해체한 중요한 원인이었음이 밝혀졌다.

이어지는 몇 년간은 존 레논에겐 격동의 시기였다. 그와 요코 오노는 마리화나 소지죄로 체포되었다. 그는 신시아와 이혼했다. 또 레논과 요코는 함께 <Unfinished Music No. 1: Two Virgins>란 앨범을 발표했다. 앨범의 표지에는 두 사람의 나체 사진이 실렸는데, 일부 지역에서는 이 앨범의 판매를 금지했고, 판매를 허용하는 다른 지역에서는 갈색 봉투로 덧씌워 표지를 가렸다.

1969년 1월 30일에 애플 레코드사 건물 옥상에서 비틀스의 영화인 <Let It Be>를 촬영하던 중에 비틀스는 마지막 공연을 했다. 이 공연을 하고 몇 달 지나지 않아 존 레논과 요코 오노는 결혼했다. 이때 레논은 자신의 이름을 법적으로 존 오노 레논으로 개명했다. 결혼 초기에 두 사람은 베트남전을 특히 염두에 두고 폭력과 전쟁과 충돌에 반대하는 침대 시위를 펼쳤다. 그들의 블록버스터 싱글인 <Give Peace a Chance>도 그렇게 침대 시위를 펼치던 몬트리올의 퀸 엘리자베스 호텔에서 녹음된 것이다. 당시는 평화 시위가 흔한 시절이었지만, 존 레논은 미디어의 시선을 끌기 위해 자신이 스타라는 점을 특히 더 자주 활용했다. 자신의 의사를 알리기 위해서라면 침대에 누워서 하는 시위처럼 유별난

수단도 곧잘 동원했다. "세상에 평화를 가져올 수만 있다면 우리는 기꺼이 온 세상의 광대가 되겠습니다"라고 말할 만큼 열정적으로 활동했다. 하지만 그는 충분히 진지하기도 했다. 그가 만든 노래 <Imagine>은 부드러우면서도 간결한 점이 돋보이는데, 평화운동에 참여한 많은 사람들의 찬가가 되었다.

이후 5년간 존 레논은 싱글 <Instant Karma>와 자신의 첫 솔로 데뷔작인 <John Lennon/Plastic Ono Band>를 포함한 일련의 작품들을 빠른 속도로 착착 발표했다. 특히 <John Lennon/Plastic Ono Band>는 비틀스가 해체된 후 많은 사람들이 존 레논의 수작으로 꼽는 명반이다.

존 레논의 대대적인 반전활동은 미디어에 연일 보도되었다. 신문의 광고 지면과 세계 11개 도시의 광고판에 존 레논의 다음과 같은 말이 소개되었다. "전쟁은 끝납니다. …… 당신이 원한다면 끝난 겁니다. 메리 크리스마스, 존과 요코." 미국 정부 관료 일부는 레논의 영향력이 갈수록 커지는 데 엄청난 위협을 느낀 나머지, 의회 상원을 통해 그가 혹시 제리 루빈 Jerry Rubin과 애비 호프먼 Abbie Hoffman 같은 급진주의자들과 한패가 아닌지 조사에 들어갔을 정도였다. FBI는 존 레논이 미국을 대적하는 과격한 행동을 꾸미고 있다는 사실이 입증될 거라며 그에 관한 문건을 작성하기 시작했다. 이 무렵 레논은 미국의 취업 비자를 얻기 위한 4년간의 싸움에 돌입했다. 그리고 마침내 얻어냈다. FBI는 그를 미국 땅에서 영원히 몰아낼 그 어떤 증거도 결국은 찾지 못했기 때문이다. 1976년에 《뉴스위크 Newsweek》지와의 인터뷰에서 존 레논은 이렇게 말했다.

"합법적으로 있을 수 있게 되니 기분이 좋네요. 여기 미국이 지금 제일 중요한 곳이니까요." 존 레논의 그 어떤 범죄행위도 찾아내지 못한 FBI 문건이 나중에 결국 대중에 공개되었다. 정부 소속 수사관들은 엄청난 무안함을 느껴야 했다.

존 레논은 계속 공연을 했지만, 1973년 가을부터 1년 반 동안 요코 오노와 별거에 들어가면서 그의 사생활은 또다시 밑바닥을 헤매기 시작했다. 이듬해에 그는 매디슨 스퀘어 가든에서 엘튼 존 Elton John과 함께 무대에 섰는데, 이것이 그의 마지막 공식 무대가 되었다. 1975년, 비틀스는 기존의 계약에서 자유로워졌다. 그리고 요코와도 재결합한다. 같은 해 두 사람은 첫아이 숀 레논 Sean Lennon을 낳았다. 존 레논은 그와 동시에 집안일을 하는 아빠가 되면서 음악 일은 잠시 후순위로 밀어두게 된다. 반면 요코 오노가 공적인 업무와 관련된 일을 처리했는데, 이는 당시 부부 기준으로는 보기 드문 역할 분담이었다. 5년 동안 대중의 시선에서 멀어져서 숀을 키우고, 자기 노래 제목처럼 그렇게 "바퀴가 굴러가는 걸 지켜보면서 watching the wheels" 레논은 명성이나 인기보다 가족이 더 중요하다는 걸 공식적으로 천명한 셈이었다.

1980년 11월, 레논과 요코는 <Double Fantasy> 앨범을 발표했다. 그로부터 한 달 후, 자신들이 살던 뉴욕의 다코타 아파트 밖에서 존 레논은 스물다섯 살의 마크 데이비드 채프먼 Mark David Chapman이 쏜 총에 맞아 사망했다. 채프먼은 그런 짓을 저지르기 전에 존 레논과 악수도 하고 갓 구매한 <Double Fantasy> 앨범에 그의 사인을 받기도 했다. 채프먼은 존 레논을 죽이면 자신이 중요한 인물이 될 것 같다는 생각에 그런 행동을 했다고 진술했다. 그는 종신형을 선고받았고 가석방 신청이 지금까지 세 번 거부되었다. (2018년 4월 기준으로는 총 아홉 번 거부된 상태다. ─옮긴이 주) 존 레논이 사망하고 2주 후, 그의 싱글 <(Just Like) Starting Over>가 차트 1위에 올랐고 1982년에는 <Double Fantasy> 앨범이 1981년의 앨범으로 선정되었다.

레논의 유산은 팬들의 마음속뿐만 아니라 음악 업계에도 살아 있다. 그가 죽은 지 12년 후인 1992년, 제34회 그래미 시상식에서 존 레논은 평생공로상을 받았고, 1998년에는 그의 미발표 곡과 연주를 담은 넉 장짜리 CD 세트 <John Lennon Anthology>가 발표되었다.

1992년에 요코 오노는 《USA 투데이 Today》지에 이렇게 말했다.
"존은 자신의 노래로 세상을 바꾸려 했습니다."

어떻게 보더라도 그의 시도는 성공했다.

성문영(팝 칼럼니스트) 옮김

ÖN

THE
BEATLES

비틀스

I was looking for a name like the Crickets that meant two things, and from crickets I got to "beetles." And I changed the BEA, because "beetles" didn't mean two things on its own. When you said it, people thought of crawly things, and when you read it, it was beat music.

밴드의 이름으로 '크리켓 cricket 1'처럼 중의적 의미를 가진 단어를 찾고 있었다. '크리켓'에서 시작해 '딱정벌레 beetles'에 생각이 미쳤을 때, 이거다 싶었다. 그러고는 비틀스의 철자를 'BEA'로 바꿨다. 'beetles'는 뜻이 하나밖에 없기 때문이었다. '비틀스'라고 말하면, 사람들은 기어 다니는 벌레를 떠올리겠지만, 그 단어를 눈으로 읽으면 비트 음악 2을 떠올릴 것이다.

───

제임스 헨케(James Henke),『LENNON legend: An Illustrated Life of John Lennon』에서 인용.

1. 영어로 cricket은 '귀뚜라미'와 '크리켓' 두 가지 뜻을 가지고 있다.

2. 1960년대 영국에서 탄생한 음악 스타일로 록음악에 두왑(doo wop), R&B, 스키플(skiffle)의 요소가 가미된 형태다.

The name [Beatles] came to us in a vision.

A man descended unto us astride a flaming pie and spake these words unto us, saying "From this day on you are the Beatles with an A."

Thus it did come to pass thus.

비틀스란 이름은 우리에게 환상처럼 다가왔다. 어느 날
하늘에서 불붙은 파이를 타고 내려온 한 남자가 말했다.
"오늘부터 너희는 비틀스야! B. E. A. T. L. E. S! 명심해!
세 번째 알파벳은 A야!"
그렇게 우리는 비틀스라 불리게 되었다.

1999년 11월 5일자 런던 《타임스》에서 인용.

We were the first working-class singers that stayed working class and pronounced it and didn't try and change our accents, which in England were looked down upon.

우리는 흙수저 신분이라는 것을 부끄러워하지 않고 당당히 말한 첫 번째 흙수저 계급 음악가다. 노동자 부모에게서 배운 말투를 굳이 바꾸려고 하지 않았기 때문에 영국에서는 우리를 무시했다.

2002년 12월 8일자 《시카고 선타임스》가 인용한 <The Beatles Anthology>에서 인용.

And in the end, the love you take is equal to the love you make.

결국 당신이 받은 사랑은 당신이 베푼 사랑과 같아요.

폴 매카트니가 쓴 가사 가운데 존 레논이 최고로 뽑은 대목이다.
2002년 6월 6일자 《더 프레스》에서(뉴질랜드,
크라이스트처치).

Push Paul out first. He's the prettiest.

폴부터 꺼내줘. 얘가 얼굴마담이잖아!

영화 <A Hard Day's Night>에서 텔레비전 감독 역할을 맡은 빅터 스피네티(Victor Spinetti)는, 영화 촬영 도중에 비틀스가 타고 있던 리무진에 팬들이 몰려들어 옴짝달싹 못 하게 되었을 때 존 레논이 이렇게 말했다고 떠올렸다.
2001년 4월 8일자 《선데이 타임스》에서(런던).

It would be like trying to reheat a soufflé.

식어버린 수플레를 다시 데워봤자 제맛이 나겠어요?

비틀스 재결합설이 돌았을 때 한 말이다.
1995년 12월 1일자 《토론토 스타》에서 인용.

It's been a pleasure working with you, Ringo.

그동안 즐거웠어, 링고!

한 콘서트에서 링고 스타가 <I Wanna Be Your Man>
연주를 망쳤을 때 존 레논이 건넨 농담이다.
1992년 4월 16일자 《더 인디펜던트》 기사에서.

We have a campaign to stamp out Detroit!

우린 디트로이트 타도 캠페인을 벌이면 되겠네!

디트로이트에서 벌어진 비틀스 타도 캠페인에 관한 의견을
물었을 때의 반응이다. 1989년 10월 11일자 《세인트루이스
포스트 디스패치》에서(미국, 미주리주).

I don't believe in Beatles.

난 비틀스 신도가 아니에요.

1981년 4월 5일자 《뉴욕타임스》와 인터뷰 중 필립 노먼이 쓴
비틀스 전기 『SHOUT! The Beatles in Their
Generation』을 이야기하며 '비틀스 신화'를 거론하던 중에 한
말이다.

Question Why does it [your music] excite them [fans] so much?

Answer If we knew, we'd form another group and be managers.

질문 팬들이 비틀스의 음악에 왜 그렇게 열광하는 걸까요?

답 그 답을 알았다면 당장 새로운 밴드를 조직하고 매니저가 됐겠죠.

미국에서 비틀스의 첫 번째 기자회견 중에 한 말이다.
1964년 2월 7일, JFK 국제공항에서.

We're coming out in Hong Kong and suddenly you're number one there years after so many records. Even here, we've got records we've forgotten.

홍콩에 비틀스 앨범이 나온 지 한참되었고, 이후로도
여러 장의 앨범이 더 나왔는데……. 갑자기 우리가
1위라니……. 미국에서도 마찬가지예요. 이젠 기억도
안 나는 앨범이 여러 장 나온 뒤에야 텔레비전에 출연하게
된 거죠.

1964년 2월 11일, <에드 설리번 쇼[3]>로 미국의 텔레비전에서
공식적으로 데뷔하고 이틀 후에 열린 기자회견에서 한 말이다.

3. 미국 CBS 방송사가 1948년부터 1971년까지 방영한 TV 버라이어티
쇼로, 엘비스 프레슬리, 비틀스 등이 출연했다.

It wasn't until Time and Life and Newsweek came over and wrote articles and created an interest in us that American disc jockeys started playing our records. And Capitol said, "Well, can we have their records?" You know, they had been offered our records years ago, and they didn't want them. But when they heard we were big over here they said, "Can we have 'em now?" So we said, "As long as you promote them." So Capitol promoted, and with them and all these articles on us, the records just took off.

《타임》지와 《라이프》지와 《뉴스위크》지에 비틀스 기사가
실리기 시작하자 미국의 라디오 디제이들이 우리 음악을
틀기 시작했어요. 그러자 음반 회사의 태도가 달라졌죠.
캐피털 레코드사의 한 관계자가 이렇게 말하더군요.
"음, 비틀스와 음반 계약을 할 수 있을까요?" 캐피털
레코드사로 말하자면 몇 년 전에 비틀스의 음반 계약 제의를
거절했던 회사예요. 그런데 우리가 유럽에서 거물이
되었다는 걸 알게 되자 "지금이라도 계약해요"라고
말하는 거 있죠? 우리는 제대로 홍보를 해야 한다는 조건을
걸고 계약했어요. 캐피털 레코드사는 확실히 홍보를 해줬죠.
그리고 나니 다른 언론사들도 우리 이야기를 기사로
써댔어요. 그리고 비틀스의 음반은 날개 돋친 듯 팔리게
되었죠.

1965년 2월, 스코틀랜드 에든버러에서 《플레이보이》지의
기자 진 쉐퍼드와의 인터뷰에서 한 말이다.

——

We do have a bit more responsibilities than the others, you know. We [married men, Ringo and John] keep Paul and George in hand, you know.

아시겠지만, 저와 링고는 결혼했으니 좀 더 어른스럽고 책임감 있게 행동해야 하죠. 말하자면 우린 폴과 조지의 행동거지도 관리해야 하니까요.

——

1965년 4월 11일, <에이먼 앤드루스 쇼>에서 한 말이다.

If I thought I'd got to go through the rest of my life being pointed and stared at – I'd give up the Beatles now. It's only the thought that one day it will all come to an end which keeps me going.

남은 평생 사람들이 날 알아보고 손짓하고 쳐다보는 걸 견뎌내야 한다면 당장이라도 비틀스를 때려치울 거예요. 하지만 언젠가는 비틀스도 잊힐 거예요. 그래서 계속 음악을 할 수 있는 거죠.

《플립 매거진》, 1966년 5월.

None of us are very sporty, you know. The only sport we do bother with is swimming. We don't count it as a sport, and our hobbies are just writing songs.

글쎄요, 우리 중 운동을 딱히 잘하는 사람은 없어요. 기껏 하는 운동이라고 해봐야 수영뿐이죠. 그런데 수영을 운동이라고 하긴 뭐하잖아요. 우리의 유일한 취미 활동은 작곡이에요.

1963년 8월, BBC 라디오 프로그램 <팝챗>에서 한 말이다.

We don't release any more records than anybody else, it just so happens they make everything we make into a single over here [in the United States].

우린 특별히 다른 사람들보다 더 많이 음반을 발표하는 게 아니에요. 미국 시장이 앨범을 쪼개서 싱글로 파는 걸 좋아해서 더 많아 보이는 것뿐이죠.

1964년 8월 22일, 밴쿠버에서 열린 기자회견 중에서 한 말이다.

Well, we're no worse than bombs, are we?

비틀스 음악이 대중에게 해롭냐고요?
아무리 그래도 폭탄만큼 해롭진 않겠죠.

1964년 8월 28일, 뉴욕시에서 열린 기자회견에서 한 기자가
비틀스가 치안을 위협하는 존재인가 질문했을 때 한 말이다.

I play harmonica, rhythm guitar, and vocal. That's what they call it.

이쪽 업계에서 하는 말로 소개해보죠. "하모니카, 리듬 기타 그리고 보컬을 담당하고 있는 존 레논입니다."

1962년 10월 28일 BBC의 비틀스 첫 공식 라디오 인터뷰에서 한 말로 알려졌다. 비틀스의 첫 싱글 <Love Me Do> 발표 직후.

I don't want people taking things from me that aren't really me.

They make you something that they want to make you, that isn't really you. They come and talk to find answers, but they're their answers, not us. We're not Beatles to each other, you know. It's a joke to us. If we're going out the door of the hotel, we say, "Right! Beatle John! Beatle George now! Come on, let's go!"

We don't put on a false front or anything. But we just know that leaving the door, we turn into Beatles because everybody looking at us sees the Beatles. We're not the Beatles at all. We're just us.

사람들이 생각하는 존 레논은 내 안에 없다.
사람들은 자기들이 원하는 허상을 만들고 그것을 진짜라고
착각한다. 우리에게 와서 비틀스에 대한 답을 찾으려 하지만
그것은 그들이 원하는 비틀스의 허상에 대한 답이지, 진짜
우리에 대한 답은 아니다. 우리 네 사람이 일상적으로
서로를 대할 때는 사람들의 눈에 비친 비틀스와는 아무런
관계가 없다. 가끔 호텔 문을 나설 때면 이렇게 장난친다.
"난 비틀스 1호 존! 그래! 비틀스 3호 조지. 자! 가자~!"
밖엔 비틀스를 기다리는 사람들이 모여 있으니, 그냥
장난삼아 그들이 원하는 비틀스로 변신해주는 거다.
코스프레를 하거나 가식을 떨 필요는 없다. 우린 그냥
우리인데, 사람들의 눈엔 비틀스만 보일 뿐이다.

1966년 12월 13일, 《룩》 매거진에서.

We have plenty of arguments. We're also attuned to each other. We know each other so well through the years, an argument never reaches a climax…. We have ordinary arguments like most people, but no conflicts.

우린 말다툼이 잦은 편이다. 하지만 동시에 서로 조율도 잘된다. 서로의 습성을 잘 알기에, 설령 싸워도 위험한 지경까지 가지는 않는다. 평범한 사람들처럼 말다툼하는 정도이지 심각한 갈등은 없다.

2003년 래리 케인의 비틀스 전기 『Ticket to Ride』에서.

I want a divorce.

우리 이혼해.

1969년 가을에 비틀스 탈퇴 의사를 밝히며 존이 폴에게 한
말이다. 1990년 4월 9일 올랜도 센티넬(플로리다)의 기사 내용.

You have to be a bastard to make it,

and the Beatles were the biggest bastards in the world!

성공하려면 개새끼가 돼야 한다.

비틀스는 세계 최고의 개새끼들이었다!

안 베르너의 책, 『Lennon Remembers』에서.

I hope he kicks himself to death.

그렇다면 그 사람이 죽을 만큼 배 아프고 머저리 같은
기분을 느꼈으면 좋겠어!

비틀스와 계약할 기회를 거부한 데카 레코드사(Decca
Records) 사장 딕 로가 지금 후회막심일 거라고 한 폴의 말에
존 레논이 보인 반응이다. 마틴 골드스미스의 책 『The Beatles
Come to America』에서.

ÖN

THE
FANS

팬

The ones that are nearest.

제일 앞줄에 있는 사람들이죠!

비틀스의 역사적인 1965년 8월 13일의 뉴욕 쉐이 스타디움
공연 이틀 전에 "당신들의 가장 열정적인 팬은 누구인가요?"라는
기자의 질문에 존 레논이 한 말이다.

The people that are moaning about us not being here are people that never even came to see us when we were here. We could count on our fingers the original fans we had here, and the ones that really followed us. And most of them gave up being teenagers anyway. They're all sort of settled in and different things. The ones that are moaning probably came to see us about once, or after we'd made records.

우리가 리버풀엔 오지도 않는다며 투덜대는 사람들은 우리가 전에 여기 왔을 때 공연장에 얼씬도 하지 않았던 사람들이에요. 리버풀의 원조 팬들은 손에 꼽을 정도로 적어요. 그분들이야말로 처음부터 지금까지 우리와 함께해왔죠. 이제는 그분들도 더 이상 십 대가 아니고, 각자 자리를 잡고 잘 살고 있어요. 징징대는 사람들은 우리 공연을 딱 한 번만 봤거나 비틀스의 무명 시절을 알지도 못하는 거죠.

1964년 7월 10일, 리버풀에서 가진 BBC와의 인터뷰에서.

It's [security people who keep us separated from the fans] harmed us all in the end anyway because the poor fans that have been there for twelve hours think, "Why aren't they coming to see us?"

순회공연을 하다 보면 주최 측의 보안 팀은 비틀스를 보호한답시고 팬들을 따돌리죠. 우리가 약속한 장소에 오지 못한 건 그 때문이었어요. 결국은 우리 모두에게 피해를 끼쳤어요. 열두 시간이나 우리를 기다린 팬들은 섭섭했을 거예요. "왜 여기 와서 우릴 만나주지 않는 거지?" 라고 생각했을 팬들이 안쓰러워요.

1964년 9월 5일, 시카고의 기자회견에서.

I once received a bra… with "I Love John" embroidered on it.
I thought it was pretty original. I didn't keep it, mind you – it
didn't fit.

어느 팬에게서 선물로 브래지어를 받은 적이 있어요.
'사랑해요, 존'이라고 수를 놓은 것이었어요. 내가 받은 선물
가운데 가장 개성이 넘치는 선물이라고 생각해요. 다만
내 사이즈가 아니어서 다른 사람에게 줘버린 건 유감이에요.

1964년 9월 13일, 언론인 래리 케인과의 텔레비전 인터뷰에서
팬들의 선물에 대한 질문에 답하며 한 말이다.

—

On our last tour, people kept bringing blind, crippled, deformed children into our dressing room.
This boy's mother would say, "Go on, kiss him, maybe you'll bring back his sight." We're not cruel, but when a mother shrieks, "Just touch him, and maybe he'll walk again." we want to run, cry, and empty our pockets.

미국 투어의 막바지에 이르러 사람들이 눈먼 아이, 다리를
저는 아이를 비롯해 장애를 가진 아이를 자주 우리 대기실로
데려왔어요.
"애한테 키스라도 해줘요. 시력을 되찾게 될지 알아요?"
이렇게 말하는 엄마와 불쌍한 아이에게 상처를 주고 싶지는
않지만, 한 엄마가 "이 애를 걷게 해줘요, 당신이 만지기만
해도 걸을 수 있을 거예요!"라고 말했을 때에는 자리를
박차고 뛰쳐나가고 싶었어요. 소리를 지르고 싶었어요.
호주머니를 다 털어주고 싶었죠.

2004년 비틀스 40주년 기념 소장판, 1970년 《롤링스톤》지와의
인터뷰에서 인용.

ÖN

FAME

유명세

A woman came up and says, "I've got a so-and-so-year-old daughter." But I couldn't care less me-self. And I thought it was pretty rude, seeing as we were eating at the time as well – in the middle of a meal. So we were just a bit cold toward her. And she probably thought we had no right to be, but she forgets that we're human.

한 여자가 다가오더니 "우리 딸이 몇 살인데 어찌고저찌고" 하면서 떠들어댔는데 솔직히 난 그 말에 전혀 관심이 없었어요. 게다가 우리가 식사를 하고 있는 걸 보면서도 그러는 게 참 무례하다는 생각이 들었죠. 그래서 다소 냉담하게 대했어요. 그분은 우리에게 그럴 권리가 없다고 생각했을지도 모르겠어요. 하지만 우리도 인간이라는 걸 그분이 기억했으면 좋겠어요.

1965년 3월 비틀스 영화 <Help!>의 홍보를 위해 바하마에 방문했을 때 어느 인터뷰에서.

We're past being bugged by questions, unless they're very personal. I mean, you just get normal human reactions to a question. You know, but there used to be one about, "What are you going to do when the bubble bursts?" and we thought we'd have hysterics because somebody always asks it.

Joe Garagiola: Let's go down the list of the questions. What are you going to do when the bubble bursts?

I haven't a clue, you know. I'm still looking for the bubble.

어떤 질문들 때문에 속상해 하던 시절은 벌써 졸업했죠.
지나치게 사적인 질문만 아니라면 말이죠. 제 말은 그러니까
어떤 질문엔 마땅히 반응을 보일 수밖에 없어요. 저도
사람이니까요. 잊을 만하면 꼭 듣는 질문이 있어요. "비틀스
거품이 꺼지고 나면 뭘 할 건가요?"라는 질문이죠. 그런
질문을 들으면 정말 미쳐버릴 것 같아요. 꼭 누군가는 그런
질문을 하거든요.

조 개러지올라: "다른 질문을 골라보죠. 비틀스 거품이
꺼지면 뭘 하실 건가요?"

그건 나도 모르죠. 거품이 어디 있다는 건지 찾고 있는
중이거든요!

———

1968년 5월 14일 <투나잇 쇼> 출연 당시, 조니 카슨의 대타로
사회를 본 방송인 조 개러지올라와 가진 인터뷰에서.

It's easier to write with cushions than on pieces of hard bench…. Remember, we were on hard benches before we made it in an unknown cellar in Liverpool. And it's much easier… on a nice cushion.

작곡할 땐 딱딱한 벤치보다 편안한 쿠션이 훨씬 편하죠. 잘 아시겠지만, 뜨기 전에 우린 리버풀의 어느 지하창고에서 딱딱한 벤치에 앉아 노래를 만들었어요. 이제 멋진 쿠션을 깔고 있으니 일하기가 훨씬 더 수월하죠.

1965년 6월 12일, 《브리티시 캘린더 뉴스》와 ITV에서.

Well, we did that [walk freely and not be noticed] till we were about seventeen. We've had seventeen years of being able to walk to the shops. We've only had two years of not being able to walk to them.

글쎄요, 그 시절 우린 어디든 자유롭게 걸어 다녔어요.
우릴 알아보는 사람은 아무도 없었죠. 그러니까 열일곱 살
때까지는 말이죠. 17년 동안 걸어 다녔던 동네의 가게를
더 이상 걸어갈 수 없게 된 지 이제 2년째네요.

1964년 6월 14일, 호주 멜버른의 기자회견장에서 유명세가
주는 불편함에 대한 질문에 답했다.

I read most newspapers all the time. Because we're often in newspapers, and it's still nice to read about yourself. And then after I've looked and seen we're not in it, then I go through the rest of it. And then I finally end up reading the political bit, when I've read everything else. I can't help being up with the times, because I am part of the times through what we've been up with, really.

거의 모든 신문을 늘 챙겨 읽는 편이에요. 비틀스에 관한
기사가 자주 실리는데 우리 이야기를 읽는 게 아직도
즐겁거든요. 그러다 우리 기사를 단 한 줄도 찾지 못하면,
다른 섹션까지 샅샅이 뒤져요. 뒤지다 보면 결국 정치면까지
읽게 되죠. 어차피 비틀스는 우리가 살아온 요즘 시류의
한 줄기이니까, 시대를 읽는 건 당연한 일이에요.

―

1964년 7월 3일, 자신이 집필한 두 번째 책 『A Spaniard in
the Works』 홍보를 위해 BBC 라디오 프로그램 <The World
of Books>에 출연했을 당시 인터뷰에서 한 말이다.

If you go in when the lights are down you can go in.

조명이 꺼지고 영화가 시작된 다음에 들어가면 되죠.

1966년 8월 28일, 로스앤젤레스의 기자회견장에서
"몰려드는 팬들의 소동에 극장이나 제대로 갈 수 있어요?"라는
질문에 답했다.

We just keep telling everybody that they're lousy, and hoping the kids will gradually catch on. You know, just buy'em for the photographs and don't believe all the rubbish.

우리는 유명인들의 가십을 다루는 잡지가 얼마나 형편없는지 계속해서 사람들에게 말해주고, 그런 잡지를 사는 어린 친구들이 언젠가는 정신 차리기를 바랄 수밖에 없어요. 사더라도 제발 사진만 보고 나머지 쓰레기는 믿지 말았으면 좋겠어요.

1965년 8월 29일, 캘리포니아 로스앤젤레스의 기자회견장에서 연예인과 유명인을 다루는 잡지에 대한 자기 생각을 말했다.

I thought you had to drive tanks and win wars to get the MBE.

탱크를 몰아본 적도 없고, 전쟁 영웅도 아닌 사람이 영국의 훈장을 받을 수 있다는 것을 이번에 처음 알았어요.

1965년 10월 26일, 비틀스가 영국의 훈장과 작위를 수여받는다는 소식에 한 말이다.

Your Majesty,

I am returning this MBE in protest against Britain's involvement in the Nigeria-Biafra thing, against our support of America in Vietnam, and against "Cold Turkey" slipping down the charts.

With Love,
John Lennon of Bag

여왕 폐하께,

영국은 비아프라 독립을 막는 나이지리아 연방군을 돕고
있으며[4], 베트남 내전에 끼어든 미국을 편들고 있습니다.
게다가 플라스틱오노밴드[5]의 새 싱글 <Cold Turkey>가
차트에서 빠르게 하락하고 있습니다.
위와 같은 현실에 항의하기 위해 영국의 훈장을 반납하는
바입니다.

배기즘[6]의 정신을 담아 존 레논 올림

1969년 11월 25일 존 레논이 영국 여왕에게 쓴 편지,
2002년 출간된 『St. James Encyclopedia of Popular
Culture』에서 인용.

4. 1967년부터 1970년까지, 분리 독립을 선언한 비아프라 공화국과
나이지리아 연방 사이의 전쟁. 연방 측을 영국과 소련이, 비아프라 측을
프랑스가 지원해 대규모 전쟁으로 발전했지만 1970년 1월에 비아프라의
수도가 함락되면서 비아프라는 나이지리아 연방에 다시 속하게 되었다.

5. 1969년 존 레논과 요코 오노가 결성한 프로젝트 밴드.

6. Bagism, 성별, 인종, 국적에 대한 차별과 고정관념에 항거하기 위해
존 레논과 요코 오노가 1960년대 벌인 퍼포먼스에서 파생된 개념. 실제로
레논과 요코는 큰 자루(bag)를 뒤집어쓰고 몸을 감추는 풍자 행위를 통해
육체성에 현혹되지 말고 인간의 본질을 파악하자는 메시지를 전했다.

ÖN

FAMILY

가족

Who's going to be a famous little rocker like his dad?

우리 아들, 아빠만큼 유명한 딴따라가 돼야지?

아들 존 찰스 줄리언이 태어났을 때 한 말이다.
2000년 12월 7일자 《헤럴드》에 실린 글이다(스코틀랜드,
글래스고).

Intellectually, of course, we did not believe in getting married.
But one does not love someone just intellectually.

머리로만 생각하면 결혼은 믿을 게 못 되지.
하지만 사랑은 머리로만 하는 게 아니잖아.

1969년 3월 요코 오노와 결혼식을 마치고 한 말이다.
1999년 12월 10일자 《오타와 시티즌》에서 인용.

I'm not going to lie to [son] Julian.

Ninety percent of the people on this planet, especially in the West, were born out of a bottle of whiskey on a Saturday night, and there was no intent to have children.

아들 줄리언에게 거짓말하고 싶지는 않아요.
지구에 사는 사람들 중 90퍼센트, 특히 서구 세계에 사는 사람들의 90퍼센트는 위스키 병이 나뒹구는 토요일 밤의 열기 덕분에 부모가 된 거죠. 그 열기를 지배한 건 '너랑 하고 싶어'였어요. '우리 아이를 갖고 싶어'란 목적의식은 어디에도 없었다니까요.

1981년 1월 《플레이보이》지와의 인터뷰에서 재혼한 요코 오노와의 사이에 낳은 아들 숀 레논을 편애하게 되었다면서 한 말이다. 1981년 11월 29일자 《뉴욕타임스》에 실린 기사.

Yoko and I have known each other for nine years, which is a long friendship on any level. It was a long year, but it's been a nine-year relationship, a seven-year marriage. Maybe it was the seven-year crutch. And apart from the pain we caused each other it probably helped us. We knew we were getting back together, it was just a matter of when. We knew – everybody else might not have, but we did.

요코와 내가 함께한 지 벌써 9년이나 됐으니 누가 봐도 이건 오랜 우정이에요. 우리가 헤어져 지낸 지난 1년은 무척이나 길게 느껴졌어요. 9년 동안 쌓아온 탑이 흔들릴 뻔했죠. 지난 9년의 세월 중 7년을 그녀의 남편으로 살았어요. 어쩌면 '7년째에 고비가 온다'라는 말이 맞는지도 모르겠네요. 우리는 서로에게 크고 작은 상처를 줬지만 비온 뒤에 땅이 굳는 법이죠. 떨어져 지낸 1년은 우리에게 좋은 영향을 주었어요. 우린 결국 다시 합치게 될 것임을, 그게 시간문제일 뿐이라는 걸 잘 알고 있었어요. 다른 사람들은 아무도 몰랐겠지만 요코와 난 잘 알고 있었어요.

1975년 12월, 아내인 요코 오노와 별거했던 시간에 대해서 《히트 퍼레이더 매거진》에 한 말이다.

We're thinking it might be nice to conceive one [a child] in Amsterdam. We might call it, "Amsterdam" or "Peace" or "Hair" or "Bed-in" or something. It would be beautiful.

암스테르담에 있는 동안 하나(아이) 생기도 좋을 것 같다는 생각을 했어요. 이름은 뭐라고 지을지도 생각해봤죠. '암스테르담', '피스 peace', '헤어 hair', '베드인 bed-in' 같은 이름은 어떨까요? 어쨌든 그렇게 되면 참 좋을 텐데요.

1969년 3월, 요코 오노와 암스테르담 힐튼 호텔에서 반전과 평화를 위한 침대 시위 중에 한 말이다. 『The Lost Beatles Interviews』에서 인용.

ON

HAIR
AND
CLOTHING
STYLES

패션 스타일

Question They think your haircuts are un-American.

Answer Well, it was very observant of them because we aren't American, actually.

질문 디트로이트에서는 비틀스의 헤어스타일이 미국인답지 않다고 생각하던데요?

답 디트로이트 분들 관찰력이 보통이 아닌데요? 우리가 미국인이 아니란 걸 알아차리다니! 정말 대단해요!

프랑스에서 돌아온 직후인 1964년 2월 5일 기자회견장에서.

Question There's a rumor that you fellas wear wigs.

Answer No, we cut it ourselves.

질문 당신들이 가발을 쓴다는 소문이 있던데 사실인가요?

답 아뇨! 우리 머리는 우리가 직접 잘라요.

1964년 1월, 미국에서 출시된 비틀스의 두 번째 앨범 <Meet the Beatles> 홍보를 위한 기자회견에서.

The first one we saw [capes] was in Amsterdam when we were going to these canals – some lad had one on. And we couldn't get any. You know, we could get one which wasn't the right color… green. We had four made in Hong Kong – copies of this one, in this material.

어기 올 때 입고 온 망토는 암스테르담에서 사온 게 아니에요. 암스테르담에서 운하를 지나다가 만난 청년이 둘렀던 망토가 맘에 들었는데 기성품은 초록색밖에 없어서 홍콩에다 특별 주문 제작한 복제품을 입고 왔어요.

1964년 6월 12일, 호주 애들레이드의 기자회견장에서.

We just wore leather jackets. Not for the group – one person wore one, I can't remember and then we all liked them so it ended up we were all on stage with them. And we'd always worn jeans'cuz we didn't have anything else at the time, you know. And then we went back to Liverpool and got quite a few bookings. They all thought we were German. You know, we were billed as "From Hamburg" and they all said, "You speak good English." So we went back to Germany and we had a bit more money the second time, so we wore leather pants – and we looked like four Gene Vincents, only a bit younger, I think. And that was it, you know. We just kept the leather gear till Brian [Epstein] came along.

우리는 그냥 가죽 재킷을 입었어요. 누군가 가죽 재킷을
입으니까 모두가 따라했어요. 처음에 누가 입은 건지는
모르겠어요. 나중에는 네 명 모두 가죽 재킷을 좋아하게
되어서 무대에까지 입고 오르게 되었죠. 그리고 늘 청바지
차림이었는데, 그 시절에는 우리가 입을 게 청바지밖에
없었어요. 함부르크에서 리버풀로 돌아왔을 때에는 설
무대가 꽤 많이 생겼죠. 다들 우리를 독일인으로
생각했나 봐요. 공연 포스터에 함부르크 출신이라고
소개했죠. 모두들 "영어를 꽤 잘하네요"라고 말했어요.
이후 다시 독일에 갔을 때 돈을 더 많이 벌 수 있었고 그
덕에 가죽 바지를 사 입었죠. 우리는 마치 네 명의 어린
진 빈센트[7] 같았어요. 브라이언 엡스타인이 매니저가
되기 전까지는 계속해서 가죽 옷을 입었어요.

1963년 10월, BBC 다큐멘터리 <The Mersey Sound>에서.

7. Gene Vincent: 1950~1960년대 활동한 로큰롤, 로커빌리
(Rockabilly)선구자로 불리는 아티스트로 검은색 복장의 반항아 이미지가
강해 록 음악가의 전형으로 알려졌다.

WE JUST KEPT *THE LEATHER GEAR* TILL BRIAN CAME ALONG

Accident… It just happened, you know.
Ringo's was by design because he joined later.

우연히 그렇게 된 거죠. 그냥 하다 보니 그렇게 된 거예요.
링고의 머리는 디자이너가 다듬었어요. 그런데 그건 걔가
나중에 밴드에 들어왔기 때문이죠.

1963년 11월 7일, 더블린 공항의 인터뷰에서 비틀스 특유의
헤어스타일이 의도된 것인지, 우연이었는지를 묻는 질문에 대한
대답이다.

Boy, I wish someone had stolen our suits.

와! 누군가 우리 정장도 훔쳐가 버리면 좋을 텐데!

미국 포크록 밴드 더 버드의 원년 멤버 로저 맥퀸은 2003년 2월 21일 《올랜도 센티넬》지와의 인터뷰에서 존 레논과의 일화를 소개했다. 맥퀸이 끔찍히도 싫어했지만 다른 멤버들과 매니저 때문에 늘 입어야 했던 벨벳 깃 달린 검정색 정장을 공연 직전에 도둑맞았다는 얘기를 듣고 존 레논이 이렇게 말했다고 전했다.

ON

HIMSELF

자신

I'm quite normal really. If you read in the Beatle books it says I'm quite normal.

난 제법 정상인데요? 말씀하신 그 책, 『더 비틀스』[8]를
읽었다면 아실 텐데……. 내가 제법 정상이라고 씌어
있으니까요.

1963년 12월 10일 영국 동커스터에서 딥스 매더와의 인터뷰
중 "이 업계에 있으면 자신이 미쳐버릴 수도 있을 것 같다는
생각을 한 적이 있습니까?"라는 질문에 대한 존 레논의 답이다.

8. www.beatlesinterviews.org에 있는 실제 인터뷰 녹취록에 따르면,
사회자 매더가 『The Beatles』라는 책을 언급한다.

I'm not interested in being hip.

난 세상의 유행 따위에는 관심이 없어요.

1980년 총격 사건으로 사망하기 얼마 전의 인터뷰에서.
2004년 10월 29일, 《필라델피아 인콰이어러》지에서 인용.

I grew up in Hamburg.

난 함부르크에서 어른이 되었습니다.

비틀스를 세상에 알린 도시에 바친 존 레논의 헌사.
2003년 8월 9일, 《타임스》에서(런던).

I didn't realize it at the time – I just wrote the song ["Help!"]
because I was commissioned to write it for the movie – but
later I knew, really I was crying out for help. "Help!" was
about me, although it was a bit poetic. I think everything comes
out in the songs. The whole Beatle thing was just beyond
comprehension. I was eating and drinking like a pig, and I was
fat as a pig, dissatisfied with myself, and subconsciously I was
crying for help. It was my fat-Elvis period.

그때는 나도 몰랐어요. 그냥 영화 음악 의뢰를 받고 쓴
곡이거든요. 그런데 나중에 깨달은 거예요. 내가 진짜로
구조 요청을 보내고 있었다는 걸……. <Help!>는 시적이긴
하지만 당시 내 모습을 담은 노래에요. 음악으로 내 상태를
고스란히 드러낸 거죠.
비틀스 광풍은 내가 이해할 수 있는 수준을 넘어섰죠. 난
그저 돼지처럼 먹고 마시고 돼지처럼 살이 쪘어요. 내
자신이 맘에 안 들었어요. 그래서 나도 모르게 무의식적으로
누가 나 좀 도와달라고 소리치고 있었던 겁니다. 난 뚱뚱이
시절의 엘비스 프레슬리 같았어요.

2000년 10월 1일 《시카고 선 타임스》에 실린
<The Beatles Anthology>에서 인용.

Curse Sir Walter Raleigh, he was such a stupid git.

윌터 롤리 경[9]을 욕하세요.
난 그 멍청한 놈을 따라 한 것뿐이니까요.

흡연 습관에 대한 질문에 답하다.
1998년 12월 3일, 런던의 《가디언》지 인용.

9. 16세기 영국 귀족으로 아메리카 대륙을 탐험하고 돌아오면서 유럽에
감자, 담배 등을 전파했다.

CURSE SIR WALTER RALEIGH HE WAS SUCH A STUPID GIT

Part of me suspects I'm a loser, and part of me thinks I'm God Almighty.

내 안엔 내가 패배자일지도 모른다고 의심하는 자아도 있고, 내가 전지전능한 신이라고 생각하는 자아도 있어요.

《플레이보이》지와의 인터뷰에서.
1995년 5월 7일, 오하이오주 클리블랜드의 《플레인 딜러》에서 인용.

I consider that my work won't be finished until I'm dead and buried.

죽어서 무덤에 묻히기 전까지는 음악을 그만두지 않을 거예요.

총격으로 사망하기 몇 시간 전 라디오 인터뷰에서.
1993년 7월 22일 호주 《애드버타이저》에 실린 내용.

This is not how it really is. I will tell you the way it was, but nobody wants to hear it.

그건 전혀 사실이 아니에요. 하지만 관심도 없는
사람들한테까지 진실을 알려야 할 필요가 있을까요?

───

총격으로 사망하기 전 마지막 라디오 인터뷰에서 존 레논이 한
말을 음악가인 밴 모리슨이 다른 인터뷰에서 인용.
1990년 11월 25일, 호주 퀸즐랜드 《선데이 메일》에 실린 내용.

I don't want to grow up but I'm sick of not growing up…. I'll find a different way of not growing up. There's a better way of doing it than torturing your body. And then your mind. The guilt! It's just so dumb… I have this great fear of this normal thing. You know, the ones that passed their exams, the ones that went to their jobs, the ones that didn't become rock and rollers, the ones that settle for it, settled for it, settled for the deal! That's what I'm trying to avoid. But I'm sick of avoiding it with violence, you know? I've gotta do it some other way. I think I will. I think just the fact that I've realized it is a good step forward.

철들긴 싫지만 철없는 내 모습도 넌덜머리가 난다.
철들지 않은 채 달리 사는 길을 찾아볼 거다. 몸도 마음도
만신창이가 되는 것보다 나은 길이 있다. 죄의식! 너무나도
바보 같은 삶이다……. 내겐 '일반적'인 모든 것을 이토록
두려워하는 마음이 있다. 이런저런 시험에 합격하는 사람들,
회사원의 삶, 로커가 아닌 삶, 세상과 거래해 얻어낸 시시한
삶에 안주하는 삶, 야바위꾼의 적선에 기대는 삶! 이런 건
내가 절대로 살고 싶은 삶이 아니다. (피하려는 삶이다!)
하지만 폭력적인 방식으로 피하는 건 이제 넌덜머리가 난다.
다른 방법을 찾아봐야 한다. 그런 방법들이 잘못되었음을
깨달았다는 것만으로도 다행이라고 생각한다.
좋은 방향으로 한 걸음 더 나아간 거니까.

1975년 6월 5일자 《롤링스톤》지에서 인용.

I started to put it round [as a rumor] that I was gay. I thought that'll throw them off. I was dancing at the gay clubs in L.A., flirting with the boys, but it never got off.

존 레논이 게이라는 소문을 퍼뜨렸어요. 자작극이었죠. 나는 로스앤젤레스에 있는 게이 클럽을 전전하며 춤추고 놀았어요. 미소년들에게 작업도 걸면서 소문이 퍼지고, 사람들이 당황해하길 기대했죠. 그런데 예상과 전혀 다르게 시시하게 끝나고 말았죠.

저널리스트/작가 리사 로빈슨(Lisa Robinson)이 기억하는 레논의 말이다. 2001년 11월호 《베니티 페어》에서.

I STARTED TO PUT IT ROUND THAT I WAS G-A-Y

ON

HIS
DRUG
USE

약물 복용

Reality is only for people who can't cope with drugs.

현실은 약물 없이 살아갈 수 있는 사람들만의 몫이다.

1995년 1월 29일, 영국 《옵저버》에서 인용.

I was all for going there and living in the Haight [Haight-Ashbury section of San Francisco], you know. I mean, in my head, I thought, "Well, hell, acid's in, so let's go. I'll go there and we'll make music and all that." But of course it didn't come true in the end. [Only] George went over.

샌프란시스코, 그것도 해이트 애시버리 [10]라고? 당연히 이사 가는 데 대찬성이었죠. 난 속으로 지껄였어요. "오 에~ 애시드 [11]가 요즘 뜬다면서? 가서 해야지! 물론 작곡도 해야지!" 그러나 결국 우린 가지 않았죠. 조지 해리슨만 그곳으로 갔어요.

1967년 <Beatles Anthology>(비디오 영상),
1995년 12월 12일, 《샌프란시스코 크로니클》에서 인용.

10. 1960년대 히피 문화의 중심지였던 샌프란시스코의 거주 지역.

11. 강력한 환각제인 LSD의 속어.

The initials are LSD, but that's no reference to the hallucinogen.

머리글자가 LSD는 맞는데 설마 향정신성 마약을 지칭할 리 있겠어요?

비틀스의 싱글 <Lucy in the Sky with Diamonds>에 대한 언급이다. 존 레논은 자신의 어린 아들이 그린 그림에서 영감을 받았다고 주장했다.
1993년 5월 7일, 뉴욕의 《버팔로 뉴스》에서 인용.

Speaking as somebody who's been in the drug scene, it's not something you can go on and on doing. It's like drink or anything, you've got to come to terms with it. You know, like too much food, or too much anything. You've got to get out of it. You're left with yourself all the time, whatever you do – you know, meditation, drugs, or anything. But you've got to get down to your own god and "your own temple in your head." like Donovan [musician] says… it's all down to yourself.

경험자로서 하는 말인데 약물은 계속할 수 있는 취미가
아니에요. 알코올이나 다른 중독과 마찬가지로, 언젠가는
끝을 봐야 하죠. 음식도 마찬가지예요. 뭐가 되었든 너무
과하다 싶으면 멈춰야 해요. 탈출구를 찾아야죠. 스스로
결단을 내려야 해결할 수 있는 문제라는 얘기죠. 명상이든,
약물이든, 뭐든 다 마찬가지예요. 자신의 내면 깊은 곳에
자리 잡은 신과 만나는 '머릿속에 지은 신전'에 들어가
심사숙고해봐야 해요. 도너빈[12]도 그렇게 말했잖아요.
"결국엔 모두 당신의 책임"이라고.

1969년 12월 30일, ATV, <Man of the Decade> 관련
인터뷰에서.

---

12. Donovan. 스코틀랜드 출신의 포크 음악가. 비틀스의 친구이기도 했다.

ON

HIS
MOST
CONTROVERSIAL
QUOTE

논란을 불러일으킨 말

Christianity will go. It will vanish and shrink. I needn't argue with that; I'm right and I will be proved right. We're more popular than Jesus now; I don't know which will go first – rock and roll or Christianity. Jesus was all right, but his disciples were thick and ordinary. It's them twisting it that ruins it for me.

기독교의 영향력은 쇠퇴하고 있고, 머지않아 소멸될 거란
자명한 사실에 구구절절 토를 달고 싶지는 않아요. 내 말이
백번 맞다는 걸 곧 알게 될 거에요. 요즘은 예수보다
비틀스가 더 인기가 많죠. 그나저나 록 음악이 기독교보단
오래 살아남을 것 같은데요? 예수님은 나름 괜찮아요.
그런데 그의 제자랍시고 날뛰던 아둔하고 별 볼 일 없는
작자들이 싫은 것뿐이죠. 난 그 작자들 때문에 기독교를
처다보는 것조차 싫어졌으니까요.

─────

1966년 3월 4일자 《이브닝 스탠다드》(런던). "비틀스가
예수보다 훨씬 인기 있다"라고 한 말이 맥락을 떠나 공분을
샀다. 특히 미국의 '바이블벨트 [13]' 지역에서의 반응은 유별났다.
많은 사람들이 비틀스의 음반을 불태웠으며 KKK까지 가세해서
비틀스를 형상화한 인형을 화형에 처하고 비틀스 음반을
십자가에 못 박아 불태우는 등, 존 레논의 한마디가 가져온
여파는 컸다. 존 레논은 그 후 자신의 입장을 설명하느라
오래도록 곤욕을 치러야 했다.

13. 복음주의 가독교도들이 밀집한 미국 남부와 중서부 지대.

I suppose if I had said television was more popular than Jesus, I would have gotten away with it. I'm sorry I opened my mouth. I'm not anti-God, anti-Christ, or antireligion. I wasn't knocking it or putting it down. I was just saying it as a fact and it's true more for England than here. I'm not saying that we're better or greater, or comparing us with Jesus Christ as a person or God as a thing or whatever it is. I just said what I said and it was wrong. Or it was taken wrong. And now it's all this.

만약 내가 예수보다 텔레비전이 훨씬 더 인기 있다고
말했다면 그걸로 이야기는 끝났을 거예요. 입단속을 못
한 게 후회스러워요. 난 무신론자가 아니에요. 기독교든
다른 어떤 종교든 결코 배척하지 않아요. 기독교를
때려눕히거나 끌어내릴 생각은 없어요. 영국 기독교가 처한
현실을 말하려 했던 것이지, 비틀스가 예수보다 우월하고
가치 있다고 주장하려던 건 결코 아니었어요. 내가 별로
신중하지 못한 말을 했고, 그건 잘못이었어요. 게다가 잘못
전달이 되었다고 생각합니다. 결과적으로 이 모양 이 꼴이
되었네요.

1966년 8월 11일, 시카고의 뉴스 회견에서.
교황청은 존 레논의 사과를 받아들였다.

ÖN

HIS
MUSIC

자신의 음악

It's the one [song] I like best.

내 인생 노래에요.

<Imagine>에 대해 한 말이다.
2001년 1월 7일 《옵저버》(영국)에 실린 내용.

I'd like to say "thank you" on behalf of the group and ourselves, and I hope we passed the audition.

비틀스를 대표해서 감사 말씀을 전합니다만,
오디션엔 합격한 거죠?

1969년 1월 30일, 런던 웨스트엔드 새빌 로 3번지, 비틀스의
애플 레코드 본사 옥상에서 <Get Back>의 열정적인
공연을 마칠 즈음, 존 레논이 건물 아래 몰려든 사람들에게
농담조로 건넨 말이다. (이는 비틀스의 마지막 공연이 되었다.)
2003년 11월 18일자 《시카고 선타임스》에서 인용.

The record ["I Feel Fine"] had the first feedback anywhere. I defy anybody to find a record – unless it's some old blues record in 1922 – that uses feedback that way. I mean, everybody played feedback on stage, and the Jimi Hendrix stuff was going on long before him. In fact, the punk stuff now is only what people were doing in the clubs. So I claim for the Beatles – before Hendrix, before the Who, before anybody – the first feedback on any record.

비틀스의 싱글 <I Feel Fine> 도입부에 들리는 기타 앰프 피드백은 록 음반 역사상 최초로 시도된 것이죠. 1922년에 제작된 오래된 블루스 음반 말고 이런 기타 앰프 피드백을 녹음한 음반이 있으면 한번 가져와보세요. 내 말은, 기타 앰프가 최초로 등장한 후 개나 소나 라이브 무대에서 피드백을 쓰죠. 지미 헨드릭스가 그 방면의 최초가 아니란 얘기예요. 하물며 요즘 유행하는 펑크 사운드도 이미 오래전에 언더그라운드 클럽에서 음악가들이 시도했던 것들이죠. 그런 이유로 나는 피드백을 처음 녹음한 게 비틀스라고 우기는 거죠. 지미 헨드릭스 전에, 더 후 진에 이미 비틀스가 시도한 거예요.

―――――

2002년 9월 21일 《가제트》(몬트리올)에서 인용.

I would never even dream of writing a tune like that....
It was only half a song [when Paul brought it to me].

그런 선율을 쓴다는 건 꿈에서도 생각지 못할 것이다……
폴이 처음 그 곡을 듣고 왔을 땐 반쪽짜리었다.

폴 매카트니가 열여섯 살에 작곡한 <When I'm 64>를
말하는 것으로, 이후 존 레논과 함께 편곡해 1967년도 앨범
<Sgt. Pepper's Lonely Hearts Club Band>에 수록했다.
2002년 2월 3일, 호주 퀸즐랜드 《선데이 메일》에서 인용.

"In My Life" was, I think, my first real, major piece of work. Up until then, it had all been glib and throwaway. I had one mind that wrote books and another mind that churned out things about "I love you" and "you love me," because that's how Paul and I did it. I'd always tried to make some sense of the words, but I never really cared. It was the first song that I wrote that was really, consciously, about my life.

IT WAS THE ST SONG THAT I WROTE. THAT WAS REALLY, CONSCIOUSLY, ABOUT ME.

<In My Life>는 내가 만든 최초의 중요한 곡이라고 생각한다. 그 전까지 내가 쓴 곡들은 겉만 번지르르한 일회용에 지나지 않았다. 미리 한구석에서는 책을 쓰겠다고 생각했다. 그러면서 또 다른 한구석에선 "난 널 사랑해" "넌 날 사랑해" 같은 사랑가나 찍어낼 생각을 했다. 그게 폴과 내가 곡을 쓰는 방식이었으니까. 솔직히 가사를 쓰는 일로 크게 고민하진 않았었다. 하지만 <In My Life>는 내가 진정으로, 의식적으로, 내 인생에 관해 쓴 첫 번째 노래였다.

━━━

2000년 10월 5일 《시카고 선 타임스》에 실린 글이다.

I had been under obligation or contract from the time I was twenty-two until well into my thirties. After all those years it was all I knew. I wasn't free. I was boxed in. My contract was the physical manifestation of being in prison. It was more important to face myself and face that reality than to continue a life of rock and roll – and to go up and down with the whims of either your own performance or the public's opinion of you. Rock and roll was not fun anymore. I chose not to take the standard options in my business – going to Vegas and singing your great hits, if you're lucky, or going to hell, which is where Elvis went.

스물두 살이 된 해부터 서른 살이 넘어서까지 나는
채무관계니 계약관계니 하는 것에 묶어 있었다.
결국 그런 것들이 내가 아는 삶의 전부가 되어버렸다.
자유롭지 못했다. 한 발짝도 움직이지 못할 것 같았다.
내가 맺은 계약은 내가 감방에 갇혀 있다는 것을 물리적으로
명시하는 것이었다. 로큰롤의 삶을 영위하면서 공연의
성과나 나에 대한 세간의 평가에 일희일비하기보다, 나
자신과 내가 처한 현실을 똑바로 보는 게 더 중요했다.
로큰롤이 전처럼 재미있지가 않았다. 인기가 시들해진 후
(이것도 운이 좋아야겠지만) 라스베이거스로 가서 옛날
히트곡을 부르거나, 지옥에 떨어지거나 하는 게 이쪽 업계의
정해진 길이었다. 그게 엘비스가 걸었던 길 아닌가 말이다.
그런 흔한 전철을 밟지 말아야겠다고 결심했다.

1981년 1월 《플레이보이》에서.

I started with banjo when I was fifteen when my mother
taught me some banjo chords.

열다섯 살 때 시작한 밴조가 내 인생의 첫 악기다.
엄마가 코드를 가르쳐주셨다.

앤디 베이비욱의 책, 『Beatles Gear: All the Fab Four's [14]
Instruments, from Stage to Studio』에서.

14. 비틀스 멤버를 가리키는 별명.

I don't know. I normally like the one we've just recorded.

잘 모르겠어요. 보통은 막 녹음을 끝내고 난 곡이 좋다고 생각하거든요.

"비틀스 노래 가운데 어떤 노래를 가장 좋아하세요?"란 질문에 대한 존 레논의 답이다.
1964년 4월 26일, 웸블리 스타디움[15] 인터뷰에서.

15. 팝음악 공연장으로도 유명한 (마이클 잭슨, 엘튼 존 등 다수의 아티스트들이 공연) 1923년 북서부 웸블리에 위치한 다목적 스포츠 아레나로서 마이클 잭슨, 엘튼 존 등 다수의 아티스트들이 공연한 팝음악 공연장으로도 유명하다.

If I had more time I'd probably write more [books].
The publisher rang up and said, "Have you written anything
yet?" and I said, "No, I've been writing songs." because I can't
do both at once. You know, I've got to concentrate on the
book or the songs.

시간이 좀 더 있었다면 책을 더 많이 썼을 것 같아요.
출판사에서 전화를 걸어 "뭐 좀 쓰셨나요?"라고 물으면,
난 이렇게 대답했죠. "아뇨, 곡 쓰느라 바빴어요."
사실 두 가지를 동시에 할 능력이 나한테는 없는 것 같아요.
곡을 쓰든지 책을 쓰든지, 한 번에 하나씩 집중해서 해야 할
것 같아요.

1965년 6월 18일, 영국 TV 쇼 <투나잇>에서.

After we'd done the session on that particular song ["Rain"]
– it ended at about four or five in the morning – I went home
with a tape to see what else you could do with it. And I was
sort of very tired, you know, not knowing what I was doing,
and I just happened to put it on my own tape recorder and
it came out backward. And I liked it better. So that's how it
happened.

<Rain>을 녹음하고 집에 돌아왔어요. 새벽 4시인가 5시에
야 끝이 났죠! 집에 돌아와서 녹음해온 테이프를 리코더에
걸었어요. 너무 피곤했던 터라 리코더를 제대로 조작하지
못했어요. 그 바람에 테이프가 거꾸로 재생되었어요. 그런데
그게 더 마음에 든 거죠. 그게 <Rain>의 탄생 비화에요.

어떤 계기로 거꾸로 녹음하기를 시도한 건지에 대한 질문에
답했다. 1966년 8월 22일 뉴욕시 기자회견에서.

So you think "Imagine" ain't political? It's "Working Class Hero" with sugar on it for conservatives like yourself!! You obviously didn't dig the words. Imagine! You took "How Do You Sleep?" so literally(read my own review of the album in Crawdaddy [magazine]). Your politics are very similar to Mary Whitehouse's – "Saying nothing is as loud as saying something."

그러니까 넌 <Imagine>이 정치적인 노래가 아니라고
생각한다는 거지? 그 노래는 너 같은 꼰대 보수들
좋아하라고 설탕 좀 발라놓은 <Working Class Hero>라고!
가사는 제대로 읽고 지껄인 거야? 상상력 좀 써보라고 Imagine!
그럼 넌 "How do you sleep?"도 글자 그대로 이해했나 보네?
(《크로대디》(잡지)에 내가 그 앨범에 관해 직접 쓴 리뷰 좀
읽어보지 그래?) 네 정치관이라는 건 "아무 말 하지 않는 건
믿가 말하는 것만큼이나 울림이 있다"고 떠들어대는 메리
화이트하우스 [16]의 헛소리와 똑같구나.

———

1971년 11월, 폴 매카트니가 《멜로디메이커》와의 인터뷰에서
한 말에 보낸 공개서한에서.

16. 1960~1970년대 신랄하고 저돌적인 미디어 비평으로 유명했던
영국의 보수주의 사회운동가.

The Beatles had a standard to live up to, and for that reason, when the Beatles went into the studio, they had to stay in for at least six months. Today, I just couldn't stand to be locked up in a studio for that length of time.

팬들이 비틀스에게 기대하는 수준이 있기 때문에, 우린 일단 스튜디오에 들어가면 최소 여섯 달은 처박혀 있어야만 했죠. 지금은 그렇게 오랫동안 스튜디오에 갇혀 있는 건 죽어도 못할 것 같아요.

1972년 10월 7일, 《뉴 뮤지컬 익스프레스》 인터뷰에서.

Clive Davis once asked John Lennon what sort of music he was listening to, and was stunned by his reply: "Nothing."
"Nothing?" Davis replied. "Don't you want to know what's being played?"
"Absolutely not!" Lennon replied. "Did Picasso go to the galleries to see what was being painted?"

한 번은 클라이브 데이비스[17]가 존 레논에게 요즘 즐겨 듣는 음악이 있냐고 물었다. 존 레논이 "없는데요"라고 대답하자 그는 놀라서 다시 물었다.
"없다고요? 요새 음악이 어떤지 궁금하지 않아요?"
"전혀요!" 존 레논이 대답했다.
"피카소가 미술관을 돌아다니며 당시 작품들을 살펴봤나요?"

2000년 12월호 《디테일스》지에서.

17. 1960~1970년대 미국 콜럼비아 음반사 사장. 5번의 그래미상 수상. 미국 로큰롤 명예의 전당 멤버.

I thought, "What a fantastic, insane thing to say." A warm gun means that you've just shot something.

"완전히 미치지 않고서야 어떻게 그런 말을 하지?" 온기가 남아 있는 총이라니, 그건 방금 전 뭔가를 쐈다는 뜻이잖아.

어느 미국 잡지에서 '행복은 따뜻한 권총'이란 총기류 광고 문구를 보고서. 그 뒤 존 레논은 동명의 싱글 <Happiness Is a Warm Gun>을 작곡했다.
맥스웰 매켄지의 책 『The Beatles: Every Little Thing: A Compendium of Witty, Weird and Ever-Surprising Facts About the Fab Four』에 실린 일화.

ÖN

MONEY

돈

I do have money for the first time ever, really. I do feel slightly secure about it, secure enough to say I'll go on the road for free. The reason I got rich is because I'm so insecure.

I couldn't give it all away, even in my most holy, Christian, God-fearing, Hare Krishna period. I got into that struggle: I should give it all away, I don't need it. But I need it because I'm so insecure. Yoko doesn't need it. She always had it. I have to have it. I'm not secure enough to give it all up, because I need it to protect me from whatever I'm frightened of.

살면서 지금처럼 돈을 만져본 적이 없다. 돈이 있으니까
마음도 좀 놓이는데, 무료 공연을 해주겠다고 말할 수 있을
정도다. 늘 안절부절못하는 성격 덕분에 부자가 될 수
있었다고 생각한다. 심지어 가장 경건했던 시절, 개신교의
하느님을 두려워했던 시절, 하레 크리슈나에 심취했던
시절에도 돈을 다 내버리고 사는 건 상상조차 할 수 없는
일이었다. 나에게 필요 없으니까 전부 나눠주겠다고
생각해도 결국은 불안해졌다. 요코는 돈에 연연하지 않는다.
늘 돈이 있었으니까. 난 돈을 가져야만 성에 찬다. 돈을 다
나눠주고도 불안하지 않을 자신이 없다. 내가 두려워하는
그 모든 것으로부터 날 지키려면 내겐 돈이 필요하다.

———

피터 맥케이브와 로버트 숀펠드 공저,
『Apple to the Core』에서.

Don't bother sending me all that garbage about "Just come and save the Indians, come and save the blacks, come and save the war veterans." Anybody I want to save will be helped through our tithing, which is 10 percent of whatever we earn.

"오서서 좋은 일 한번 해주세요. 북미 원주민을 구합시다, 흑인을 도와주세요, 상이군인을 구제합시다." 제발 나에게 이런 쓰레기 같은 편지는 보내지 마세요. 누구를 구제하든 내가 판단하고 마련한 돈으로 할 테니까. 그런 일 하려고 진작부터 수입의 10퍼센트를 따로 모으고 있으니까요.

1980년 11월 27일 《뉴욕타임스》,
1981년 1월 《플레이보이》지 인터뷰에서 인용.

It's a bit hammered now. I just keep it for kicks, really. I bought
it in Germany on the HP – I remember that whatever it cost,
it was a hell of a lot of money to me, at the time.

좀 짜부라졌다. 그냥 재미 삼아 가지고 있는 거다. 독일에서
할부로 샀는데, 그때 얼마를 주고 샀건 당시 내 형편으로는
입이 떡 벌어지게 비쌌다.

존 레논이 구입한 최초의 리켄배커사 [18]의 기타, 325 Capri
모델에 대해 한 말이다. 1966년 3월 26일,《디스크 위클리》.

[18]. 존 레논의 상징적인 기타 중 한 대. 그 외에도 깁슨(Gibson) J-160
어쿠스틱과 에피폰(Epiphone) 카지노 (Casino) 모델이 있다.

Question Did you ever have a chance, John, to just get away on your own without anybody recognizing you?

Answer Yeah. We borrowed a couple of millionaires' houses, you know.

Question You could afford to BUY a couple of millionaires' houses, couldn't you?

Answer Yeah, we'd sooner borrow 'em. It's cheaper.

질문 존, 세상눈을 피해 자기만의 시간을 보낼 기회가 있었나요?

답 그럼요. 우리가 전세 낸 억만장자 소유의 집 여러 채에서요.

질문 비틀스라면 그런 집 여러 채는 살 수 있잖아요?

답 네. 하지만 전세를 선호합니다. 그 편이 더 싸니까요.

———

1964년 2월 22일 런던의 <파테 뉴스>와 BBC 텔레비전 인터뷰에서.

ON

OTHER MUSICIANS AND THEIR MUSIC

다른 음악가들과
그들의 음악

If there hadn't been Elvis, there would not have been the Beatles.

엘비스 프레슬리가 없었다면 비틀스도 없었을 기에요.

1997년 8월호 《라이프》지에서 인용.

————————

"Please Please Me" was my attempt at writing a Roy Orbison song.

<Please Please Me>는 로이 오비슨[19]의 곡을 흉내 내서 써본 노래예요.

————————

1990년 6월 24일, 《세인트루이스 포스트 디스패치》(미주리)에 실린 내용.

19. 1960년대 히트곡 <Oh Pretty Woman>, <Only The Lonely> 등을 부른 미국의 로커빌리, 컨트리 음악가.

To be here now.

현재에 충실한 거죠.

"록 음악의 궁극적인 메시지가 뭘까요?"라는 물음에 대한
존 레논의 답이다. 1997년 8월 26일자 《시카고 선 타임스》에서
인용.

The blues is a chair, not the design for a chair or a better chair.
It is the first chair.

블루스는 의자예요. 의자를 위한 설계도 아니고 더 좋은
의자도 아니고 우리가 선택한 첫 번째 의자예요.

2003년 6월 13일, 호주 퀸즐랜드, 《쿠리어 메일》에서 인용.

Everything [music] comes from everything else.

음악의 모든 건 음악이 아닌 모든 것에서 나오죠.

2002년 2월 22일자 《디트로이트 뉴스》에서 인용.

Elvis died when he went into the army.

엘비스는 에런 프레슬리 [20]로 입대하면서 죽었다.

2005년 1월 2일자 《토론토 스타》에서 인용.

20. 엘비스의 본명: Elvis Aaron Presley

We wanted to be the Goffin/King of England.

나와 매카트니는 영국의 제리드 고핀과 캐럴 킹이 되고
싶었어요.

히트곡 제조기, 싱어송 라이터 캐럴 킹과 그녀의 남편인 작사가
제리 고핀에 대해 한 말이다.
2001년 11월 25일자《선데이 텔레그래프》(호주, 시드니)에서
인용.

If you tried to give rock and roll another name, you might call it Chuck Berry.

로큰롤을 굳이 다른 이름으로 부르고 싶다면 척 베리[21]라고 불러도 되겠죠.

2000년 8월 23일자 《콜럼버스 디스패치》(미국, 오하이오주)에 실린 내용.

21. 초기 로큰롤의 선구자격인 미국의 음악가, 기타리스트. 그의 1958년 발표곡 <Johnny B. Goode>은 영화 <Back to the Future>에서 마이클 제이 폭스가 졸업 댄스파티 장면에서 연주했던 곡이다.

I like rock and roll, man. I don't like much else… that's
the music that inspired me to play music. There is nothing
conceptually better than rock and roll. No group, be it Beatles,
Dylan, or Stones, has ever improved on "A Whole Lotta
Shakin' Goin' On" for my money. That's my period and I dig it,
and I'll never leave it.

난 로큰롤이 좋아요. 다른 건 별로예요. 그게 내가 음악가가
된 이유죠. 개념적으로 로큰롤만큼 훌륭한 건 없어요.
<A Whole Lotta Shakin' Goin' On>이 나왔을 때 로큰롤의
바이블도 완성된 셈이죠. 그때야말로 로큰롤의 원년인
셈이에요. 그 후 그 누구도, 비틀스도, 밥 딜런도,
롤링스톤스도, 로큰롤의 어법을 발전시키지 못했어요.
그때가 황금기였어요. 날 평생 붙잡아둔 로큰롤의 시대
만이에요!

1971년에 한 말이다.
1998년 12월 13일자 《선데이 메일》(호주, 퀸즐랜드)에서
인용.

If this lasts five years, I'll be a happy man.

이 상태로 5년만 버텨줘도 난 여한이 없겠어요.

로큰롤의 미래를 묻는 질문에 답했다.
1991년 5월 22일자 《쿠리어 메일》(호주, 퀸즐랜드)에 소개된 내용.

It hasn't been made yet.

그럴 만한 앨범은 아직 안 나왔는데요.

무인도에 가져갈 만한 단 한 장의 음반이 무엇인지 물었을 때 한
대답이다.
1968년 6월 6일 <라디오 런던>에 출연했을 당시.

IT HASN'T BEEN MADE YET.

ÖN

PERFORMANCES

공연

Would the people in the cheap seats clap your hands, and the rest of you, if you'll just rattle your jewelry.

관객 여러분! 저렴한 좌석에 앉아 계시면 박수를
쳐 주시고요, 나머지 분들은 달고 온 보석을 흔들어주세요.

1963년 영국 왕실을 위한 어전 공연에서 객석을 향해 한
말이다.
2002년 5월 21일자 《로스앤젤레스 타임스》에서 인용.

We never thought of miming songs at concerts – that would be cheating, wouldn't it?

콘서트에서 립싱크를 한다고요? 감히 어떻게 그럴 수가! 그런 건 생각조차 해본 적이 없어요.

1964년 6월 15일자 《에이지》(호주)에 소개된 내용.

It's a bit chilly.

날씨가 조금 쌀쌀하네요.

바람 부는 날이 흔한 캔들스틱 파크 [22] 스타디움에서 열린
비틀스의 마지막 공연 전, 2루 바로 뒤에 세워진 무대에서
공연을 준비중이던 존 레논이 관객들에게 한 말이다.
1999년 9월 30일자 《USA 투데이》에서 인용.

22. 샌프란시스코 남동부 지역에 위치한 스포츠와 엔터테인먼트
스타디움. 1960년부터 2000년까지 자이언츠 구단의 홈 구장이었다.

This is easily the greatest reception we've had anywhere in the world.

여러분만큼 이렇게 우릴 환영해준 곳은 세계 어디에도 없었어요.

1964년 6월 14일 호주 애들레이드 콘서트에서 관객들에게 한 말이다.
1998년 7월 10일자, 《애드버타이저》(호주)에서 인용.

They could have taken four wax figures that looked like the Beatles, that would nod their heads at the right time, and the girls would have been happy.

비틀스처럼 생긴 밀랍 인형 네 개를 무대에 세워 리듬에 맞춰 고개를 까딱이게 했어도 소녀들은 행복해했을 거에요.

1966년 8월 29일, 캔들스틱 파크 스타디움에서 비틀스의 마지막 대규모 공연이 끝났을 때의 일을 회상하며 당시 사회자였던 진 넬슨이 한 말이다.
1991년 8월 30일자 《시카고 트리뷴》에 소개된 내용.

FOUR WAX FIGURES THAT LOOKED LIKE THE BEATLES

THE GIRLS WOULD HAVE BEEN HAPPY

We tour Europe [next]. Before America we go around Europe and see if they're still alive.

다음 공연은 유럽이에요. 미국 공연을 하기 전에 먼저 유럽을 돌며 공연을 할 생각이에요. 아직 유럽 사람들이 살아 있는지 확인해볼 생각이에요.

1965년 5월 9일, 런던의 샌디 레스버그와의 인터뷰에서.

It's usually adults who don't hear'em [the words during a noisy concert] you know—like in Hong Kong in the paper, it said, "The Beatles fought a losing battle against the screams."
Now, compared with other people they were quite quiet, you know. They still shouted, and most of the kids could hear but adults point out, "I couldn't hear a thing."

홍콩의 어떤 신문은 '공연장의 비틀스! 아우성의 장막을 뚫지 못하다!'로 제목을 뽑았더라고요. 그건 어디까지나 성인 관객의 입장에서 쓴 기사였어요. 성인들은 어린 소녀 팬들에 비하면 사실 꽤 조용한 편이긴 하죠. 그래도 환호를 전혀 할 줄 모르는 건 아니애요. 그들도 간혹 소리를 지르죠. 시종일관 소리를 지르는 소녀 팬들은 잘 알아듣는 가사와 멜로디가 어른들의 귀에는 잘 들리지 않는 모양이애요. "아무것도 들리지 않았어"라고 말하는 걸 보면 말이죠.

1964년 6월 11일 호주 시드니의 기자회견에서.

There's no excuses or reasons for seeing us. People keep asking questions about why they come and see us. They come and see us because they like us. That's all. There's nothing else to it, you know. And they don't have to let off steam at our concerts – they can go and let off steam anywhere.

사람들이 왜 비틀스의 팬이 되는지, 그 사람들만의 특별한 구실이나 이유가 있는지 궁금해 하시는데, 비틀스를 좋아하니까 비틀스를 찾는 거 아니겠어요? 다른 이유가 있겠어요? "비틀스 공연장에선 울분을 터뜨리기 좋으니까"도 정확한 이유는 아니죠. 억눌린 감정을 풀 곳은 널려 있으니까요.

1966년 6월 30일 일본 도쿄의 기자회견에서.

We don't know [the tour schedule].

It's not up to us where we go.

We just climb in the vans.

투어 일정이요?

자세한 건 몰라요.

밴에 타라면 타고 가는 거죠.

1965년 8월 8일 조지아주 애틀랜타의 기자회견에서.

We don't expect to [see any of the city we visit while giving concerts]. We're working here. If you're at work in an office, you don't see much of the surrounding places. And it's the same for us, we don't expect to see it. If we're still alive, we'll come back when we're forty and have a look at the places that looked interesting. Last time, Ringo and I went out when we came in, it looked great. We were out in some club somewhere, I can't remember where it was, you know.

순회공연은 일이에요. 우린 일하러 온 거지 관광하러 온 건 아니니까요. 사무실로 출근한 직장인이 주변을 여유롭게 감상하지 않는 것과 마찬가지이죠. 일하러 온 도시를 둘러볼 여유가 있을 거라고는 기대도 하지 않아요. 마흔 살쯤 돼서 (그때까지 살아 있다면) 흥미로웠던 몇 곳을 다시 찾아가고 싶다는 생각은 했어요. 어느 도시었는지 기억나지 않지만 얼마 전에 갔을 땐 도착하자마자 나가서 즐거운 시간을 가졌어요. 끝내주는 곳이었죠. 링고와 함께 클럽에 가서 아주 신나게 놀았어요. 무슨 말인지 알죠?

1965년 8월 31일 샌프란시스코의 기자회견에서.

Sid, at Shea Stadium, I saw the top of the mountain.

시드, 쉐이 스타디움이 분수령이었어요.
그날 난 산의 정상을 봤다니까요.

1966년 비틀스의 뉴욕 메츠 구장(Shea Stadium) 공연을
기획한 프로모터 시드 번스타인에게 한 말이다.
2000년 8월 15일자 《뉴욕타임스》에 실린 내용.

ON

POLITICS

정치

Now, I understand what you have to do: Put your political message across with a little honey. That is what most musicians fail to realize. They don't polish their messages, and as a result, they never reach the top of the charts unless it's a popular topic.

어리분이 뭘 해야 할지 이제 알겠다.
정치적 메시지는 약간의 꿀을 발라 전달해라. 대개의
음악가들은 그 점을 잘 알지 못한다. 그러니까 차트 진입은
꿈도 못 꾸는 거다. 인기 있는 주제라면 몰라도, 매끈하게
다듬어주어야 정상을 찍지.

자신의 앨범 <Imagine>에 관한 대화에서 한 말이다.
2003년 12월 26일 《인디애나폴리스 스타》에 소개되었다.

It's great to be legal.

This is where the action is.

합법적으로 있을 수 있게 되니 기분이 좋네요.

여기 미국이 지금 제일 중요한 곳이니까요.

미국 체류 자격을 인정하는 영주권을 받고 나서
1976년 8월 9일자 《뉴스위크》에서.

I think that everyone should own everything equally and that people should own part of the factories and they should have some say in who is the boss and who does what. Students should be able to select teachers. It may be like communism but I don't really know what real communism is. There is no real communism state in the world – you must realize that Russia isn't. It's a fascist state. The socialism I talk about is "British socialism," not where some daft Russian might do it or the Chinese might do it. That might suit them. Us, we'd rather have a nice socialism here – a British socialism.

난 모두가 모든 것을 공평하고 균등하게 소유해야 한다고
믿는다. 공장을 예로 들면, 소유권은 조금씩 나눠 가져야
하며 공장장을 정하고 각자 맡은 일을 배정하는 일에
있어서도 결정권을 나눠 가져야 한다고 생각한다. 학생들은
자신을 가르칠 선생님을 결정할 권리가 있어야 한다. 잘은
모르지만 이런 내 생각이 공산주의일 수도 있다. 세계 어느
곳에도 진정한 공산주의가 실현된 곳은 없다. 러시아는
진정한 공산주의 국가가 아니라, 전체주의라고 할 수 있다.
내가 말한 사회주의는 영국식 사회주의다. 덜떨어진
러시아식도 아니고, 그렇다고 중국식도 아니다. 정작
러시아인들이나 중국인들은 불만이 없을 수도 있지만. 우리
영국에게 맞는 멋진 사회주의, 즉 영국식 사회주의가
딱이라는 말이다.

1972년 2월호 《히트 퍼레이더 매거진》에서.

We're not disinterested in politics, it's just that politicians are disinteresting.

정치에 재미를 못 느끼는 게 아니라, 정치인들이 재미가 없는 것뿐이다.

1965년 8월 28일, 캘리포니아 샌디에이고의 기자회견에서.

Well, the communist fear is that and the American paranoia mainly, it's not too bad in Europe, it's a joke, you know.
I mean, we laugh at America's fear of communists. It's like, the Americans aren't going to be overrun by communists. They're gonna fall from within, you know.

빨갱이 포비아, 그건 주로 미국발 피해망상증 아닌가요? 유럽에서는 별로 심하지 않아요. 그러니까 그냥 우스갯소리일 뿐이죠. 유럽인들은 공산주의자를 두려워하는 미국을 비웃어요. 미국은 공산주의가 아니라 내분^{內紛}으로 망할 거예요.

1969년 12월 19일, 캐나다 온타리오에서 존과 요코 오노가 함께 옥외 광고판을 통해 '전쟁은 끝납니다'라는 문구를 노출한 것에 관해 미디어 구루인 마셜 매클루언과 인터뷰를 가졌다.

We have this poster that says "War Is Over if You Want It."

We all sit around pointing fingers at Nixon and the leaders of the countries saying, "He gave us peace" or "They gave us war." But it's our responsibility what happens around the world in every other country as well as our own. It's our responsibility for Vietnam and Biafra and the Israel war and all the other wars we don't quite hear about. It's all our responsibility and when we all want peace we'll get it.

"전쟁은 끝납니다. 당신이 원한다면요!"라는 포스터를 제작했어요. 닉슨에게 손가락질하며 "저 사람 때문에 전쟁이 일어났어"라고 말하거나 "저 사람 덕분에 평화가 왔어"라고 어떤 지도자를 칭송할 수도 있겠죠. 하지만 우리가 사는 곳을 비롯해 세계 곳곳에서 일어나는 일들이 결국은 우리 모두의 책임이라는 걸 깨달아야 해요. 베트남, 비아프라, 이스라엘, 그밖에 우리가 알지 못하는 모든 곳에서 벌어지는 전쟁들은 우리의 책임이에요. 그 모든 전쟁들이 끝나기를 원하고 바라는 게 우리의 책임이고, 그래야만 평화를 얻을 수 있어요.

———

1970년에 덴마크에서 가진 인터뷰에서.
1996년에 출간된 제프리 줄리아노의 책, 『The Lost Beatles Interviews』에서 인용.

———

Our society is driven by neurotic speed and force, accelerated by greed and the frustration of not being able to live up to the image of men and women we have created for ourselves – an image which has nothing do with the reality of people. How can we be [an] eternal James Bond or Twiggy and raise three kids on the side? So we pass our kids on to babysitters, nursery and high school teachers – three of the most underpaid positions in our society! ... In such an image-driven culture, a piece of reality like a child becomes a direct threat to our very false existence.

우리 사회가 움직이는 속도와 힘의 불안정성은 탐욕과 자기모순에 의해 가중된다. 현실과는 너무나 동떨어진, 우리가 도저히 닮을 수 없는 여성이나 남성에 대한 허상의 이미지를 보면서 좌절하는 게 지금 우리의 모습이다. 아이 셋을 키우면서 동시에 어떻게 트위기[23]나 제임스 본드가 될 수 있겠는가? 그래서 우리의 아이들을 베이비시터나, 어린이집과 고등학교 교사들(대표적인 극한 직업군이다!)에게 내버린 것이다! …… 이처럼 이미지를 숭배하는 문화는 자녀에 대한 부모의 책임감마저도 우리의 허구의 존재를 정면에서 위협하는 것으로 만들었다.

────

존과 요코가 《선댄스》 매거진에 연재한 첫 번째 칼럼에서 인용.
1972년 4/5월호.

---

23. 1960년대 영국 패션 아이콘으로, '깡마른 모델'의 대명사가 되었다.

To the youth who think they are silenced by the media and alienated from the world: The future is yours. Have the patience of a pregnant woman. But don't wait for the world to reach you. You are the aware ones. Reach out. Reach out. Reach out with love. Love communicates, whereas hatred, in the end, doesn't. Extend your hand to middle America with love. There cannot be a true world revolution without the support of the silent majority.

언론에게 목소리를 빼앗겼다고, 세상이 등을 돌렸다고 생각하는 젊은이 여러분, 미래는 여러분의 것입니다. 임신한 여성의 오랜 기다림을 본받으세요. 하지만 세상이 여러분을 찾아와 주기만을 기다리지는 말고 깨어 있는 영혼을 가진 여러분이 직접 찾아 나서는 거에요. 찾아 나서세요. 소통은 증오가 아니라 사랑임을 잊지 말고 이 나라(미국) 중산층에게 악수를 청하세요. 침묵하는 다수의 지지를 얻지 못하면 진정한 혁명으로 세상을 바꿀 수 없다는 점을 명심하세요.

《선댄스》 매거진, 1972년 8/9월호.

REACH OUT.
REACH OUT.
REACH OUT.
WITH
LOVE

ÖN

THE ANTIWAR/ PEACE MOVEMENT

반전운동/평화운동

If everyone demanded peace instead of another television set, then there'd be peace.

집집마다 텔레비전 한 대씩은 다 있지 않나요?
모두가 텔레비전을 장만하듯 평화를 요구했다면
평화는 진즉에 이루어졌을 거예요.

2004년 8월 1일, 《기타 플레이어》에서 인용.

To struggle for peace. It is this kind of struggle.
If you don't want war, there won't be war.

평화를 위해 투쟁한다는 것. 그건 바로 이런 투쟁이에요.
우리가 전쟁을 원하지 않는다면 전쟁은 일어나지 않을
거예요.

1988년 1월 10일, 《시카고 트리뷴》에서 인용.

We're willing to be the world's clowns, if that's what it takes to promote peace. … It was just our protest against violence. Everybody has their bag and this is ours.

세상에 평화를 가져올 수만 있다면 우리는 기꺼이 온 세상의 광대가 되겠습니다. …… 이것은 폭력이 사라진 평화로운 세상을 위한 우리식의 반전 퍼포먼스입니다. 우리처럼 여러분도 자기만의 방법을 찾으세요.

존 레논이 1969년 3월 그의 아내 요코 오노와 일주일간 암스테르담 힐튼 호텔에 머물면서 평화를 위한 침대 시위를 하던 중에 한 말이다.

War is Over. … If You Want It.
Merry Christmas, John and Yoko

전쟁은 끝납니다.
당신이 원한다면 끝난 겁니다.
메리 크리스마스, 존과 요코.

1969년 성탄절을 기해 뉴욕의 타임스퀘어를 비롯해 세계 주요
도시에 설치된 대형 옥외 광고판에 쓰인 그들의 크리스마스
메시지.

One problem with what we're doing is that we'll never know how successful we are. With the Beatles, you put out a record and either it's a hit or a miss. I don't expect the prime ministers or kings or queens of the world to suddenly change their policies just because John and Yoko have said "Peace, brother." It would be nice, but it's the youth we're addressing. Youth is the future.

가령 비틀스가 앨범을 발표하면 결과는 둘 중 하나다. 흥하거나 망하거나. 반면 우리 (존과 요코) 일의 성과는 바로 알 수 없다는 게 문제다. 평화를 위한 우리의 메시지는 결국 미래를 책임질 젊은 세대를 향한 외침인 것이다. 물론 세계 각국의 정상들이 "평화를, 형제여!"라는 슬로건에 감동해서 지금 당장 특단의 조치를 한다면 좋겠지만, 요코와 나는 그런 건 기대하지는 않는다.
우리가 기대하는 미래는 청춘들의 것이다.

레이 콜먼의 책 『Lennon, the Definitive Biography』, 결정판.

ON

THE
NEWS MEDIA

대중매체

Question What questions would you ask yourselves if you were in our [news media] position?

Answer I couldn't think of anything, you know. That's why we simplify so much.

질문 당신이 우리 매체의 입장이 된다면 어떤 질문을 할 것 같아요?

답 아무 생각도 안 떠오르는데요. 그래서 우리가 무슨 질문을 받아도 단답형으로 일관하나 봐요.

1965년 8월 17일 토론토의 기자회견에서.

Some [music critics who write about us] are intelligent, some are stupid. Some are silly, some are stupid … the same in any crowd. They're not all the same. [The magazine] *Ein* is clever … *Ein* is soft.

우리에 관해 비평을 하는 어떤 평론가들은 똑똑하고, 어떤 평론가들은 유치하죠. 어떤 사람들은 바보 같고 어떤 사람들은 멍청하죠…… 대중도 마찬가지고. 누구도 같은 사람은 없어요.《아인》매거진은 스마트해요…… 그리고 신사적이죠.

1966년 6월 25일, 독일 에센의 기자회견에서.

ÖN

THE
MOVIES

영화

Most of it [A Hard Day's Night] was script. You can tell the script bits. They're all sort of semi-Irish/Welsh things. Most of it was script. A lot was ad-libbed.

비틀스 영화 <A Hard Day's Night>에 나오는 대부분의 장면은 각본대로 찍은 거예요. 영화를 보면 알 수 있죠. 두루두루 아일랜드나 웨일스적인 성격을 띠고 있어요. 각본에 충실한 영화지만, 애드립 장면도 꽤 있어요.

1964년 9월 3일, 인디애나폴리스의 기자회견에서.

I don't want to make a career of it. I did it [How I Won the War] just 'cuz I felt like it, and Dick Lester asked me and I said "Yes." And I wouldn't have done it if the others hadn't liked it, you know. They said "fine" because we were on holiday anyway.

영화를 정식으로 할 생각은 없어요. <How I Won the War [24]>에 출연한 이유는 당시에는 영화가 하고 싶었기 때문이에요. 또 딕 레스터 감독이 내게 영화를 할 마음이 있냐고 물었을 때 가볍게 "좋아요"라고 대답했기 때문이죠. 만약 비틀스의 다른 멤버들이 좋아하지 않았다면 출연하지 않았을 거예요. 어차피 비틀스는 휴가 중이라 다른 사람들은 내 영화 출연에 그다지 신경 쓰지 않았어요.

1966년 12월 20일, EMI사의 애비로드 스튜디오 앞에서 ITN-TV와의 인터뷰에서.

24. 1967년 리처드 래스터 감독이 연출한 블랙 코미디 영화

ÖN

MISCELLANEOUS QUOTES

그 외 다양한 것들

Life is what happens when you are making other plans.

우리가 다른 계획을 세우는 데 정신이 팔린 사이에 벌어지는 것이 인생이죠.

2005년 2월 14일 《오스트레일리안》에서 인용.

Genius is pain.

천재성은 버겁고 귀찮은 것이죠.

2003년 7월 15일, 《라이브러리 저널 리뷰스》에서.

Reality leaves a lot to the imagination.

현실을 파악하는 데는 상상력이 필요해요.

2003년 1월 19일자 《선데이 헤럴드 선》(호주, 멜버른).

If art were to redeem man, it could do so only by saving him from the seriousness of life and restoring him to an unexpected boyishness.

예술이 인간을 구원할 수 있다면, 그 방법은 단 하나뿐이에요. 진지한 인생에서 어린아이 같은 예상 밖의 쾌활함을 되찾게 해주는 것이죠.

1968년 발언.
1996년 9월 29일자 《선데이 태즈메이니안》(호주)에서 인용.

There's a great woman behind every idiot.

인류 역사를 보면 언제나 요코 같은 위대한 여성이 나 같은 머저리를 이끌었어요.

1992년 1월 1일자 《뉴스데이》(뉴욕)에 실린 내용.

THERE'S A GREAT WOMAN BEHIND EVERY IDIOT

It takes a hypocrite to know a hypocrite.

위선자를 알아보는 건 또 다른 위선자다.

음악가인 피트 타운센드 [25]의 회고, 1994년 2월호
《플레이보이》.

25. 영국의 록 밴드 더 후의 기타리스트.

Work is life, you know, and without it, there's nothing but fear and insecurity.

일은 생명줄이에요. 백수에게는 미래에 대한 공포와 불안만 있을 뿐이죠.

1995년 5월 14일자 《샌프란시스코 크로니클》에서 인용.

ON

HIS
SPIRITUAL SIDE

영적인 주제

Meditation gives you confidence enough to withstand
something like this, even the short amount we've had.

시작한 지 오래되지는 않았지만 그동안 했던 명상 수련
덕분에 이런 어려운 상황도 버틸 수 있어요.

1967년 8월 27일, 북웨일스의 뱅거 단과대학 앞에서 매니저
브라이언 엡스타인의 죽음에 관하여 기자들과의 인터뷰 중에
한 말이다.

There's a good guru.

여기 인자하신 구루가 계신다.

인도에 간 존 레논이 초월 명상법의 구루, 마하리시 마헤시
(Maharishi Mahesh)를 만났을 때, 어색한 침묵을 깨려고
그의 머리를 쓰다듬으며 한 말이다.
1991년 8월 6일자 《로스앤젤레스 타임스》에 음악가 도너번이
소개한 내용.

That's the whole game. There's no other time but the present. Anything else is a waste of time. Like Yoko says, most people spend so much time trying to be proper, they waste all their energy. People wonder where we get all our energy from. We're like children; we don't spend any time trying to be proper.

인생이라는 게임에서 현재만큼 중요한 건 없다. 나머지는 시간 낭비일 뿐이다. 요코의 말처럼, 대부분의 사람들은 예의 바르게 살려고 지나치게 많은 시간과 에너지를 낭비한다. 사람들은 나와 요코가 늘 기운이 넘치는 비결을 알고 싶어 하는데, 간단하다. 우린 아직도 아이 같아서 예의범절에 시간을 쏟지 않기 때문이다.

1971년 10월 2일자 《멜로디 메이커》.

It's true we can do with a few big miracles right now. The thing is to recognize them when they come to you and to be thankful. First they come in a small way, in everyday life, then they come in rivers, and in oceans. It's goin' to be alright! The future of the earth is up to all of us. Many people are sending us vibes every day in letters, telegrams, taps on the gate, or just flowers and nice thoughts. We thank them all and appreciate them for respecting our quiet space, which we need. Thank you for all the love you send us. We feel it every day. We love you, too.

지금 당장 커다란 기적이 한두 개 일어난다면 숨통이 트일 수 있겠죠. 중요한 건 기적이 일어나려 할 때 그걸 용케 알아보고 감사할 수 있어야 한다는 거죠. 기적은 처음에는 아주 사소하게, 일상 속에서 나타난답니다. 그러다 강과 같이, 바다와 같이 어마어마한 크기로 도래하죠. 다 잘될 거에요! 지구의 운명은 우리 모두에게 달렸어요! 매일 여러분이 보내준 편지, 전보, 꽃들 속에서 좋은 기운을 느낍니다. 우리 집을 지나다가 울타리를 가볍게 톡톡 두드리며 응원의 신호를 보내거나 항상 좋은 마음으로 우리를 떠올리는 여러분이 얼마나 고마운지 몰라요! 나와 요코에겐 절실했던 방해받지 않는 조용한 공간을 배려해준 사려 깊은 분들, 진심으로 사랑하고 고마워요! 매일매일 여러분의 사랑을 느낀답니다.

존과 요코가 팬들에게 바치는 러브레터.
1979년 5월 27일자 《뉴욕타임스》.

Listen, Brother, Why don't you Jesus Freaks get off people's backs?

It's been the same for two thousand years – won't you ever learn? Those who know do not speak. Those who speak do not know. Your peace of mind doesn't show in your neurotic letter, son.

One man's meat – brother!

Peace off!

John + Yoko.

이봐, 친구, 예수의 이름이나 팔면서 사람들 귀찮게 하는 짓
좀 그만해!
지난 2천 년 동안 바뀐 건 아무것도 없잖아! 아직도
모르겠어? 소용없다는 걸 아니까 침묵하는 거라고! 알지
못하면 당신처럼 수다스러워지는 거야! 보내준 편지
어디서도 당신이 찾았다는 마음의 평안은 느낄 수가 없더군.
강박 증세로만 가득하던데?
누군가에게는 맛있는 식사일지 몰라도 다른 누군가에게는
알레르기를 일으키는 치명적인 독이 될 수 있다는 생각은
안 해봤나?
그만 꺼지라고! Peace off 26

존+요코

존 레논의 곡 <Imagine>의 가사의 일부인 "천국이 없다고 한번
상상해보세요"에 불편함을 피력한 켄터키 렉싱턴 출신의 톰
보니필드가 보낸 장문의 편지에 존 레논이 보낸 답장이다.
이 편지의 원본은 경매를 통해 3,300달러에 팔렸다.
1993년 7월 19일 《피플 위클리》에 소개된 내용.

26. Piss off에 대한 존 레논식의 우아한 말장난이다.

It seems to be the law of the universe, that as you move forward you must move something back. Like I spent a lot of time teaching her [Yoko's] ex-husband a few chords on the guitar and the reward's gonna be I'm gonna learn a few more tricks on the guitar. It's as simple as that to me. Do unto others bit. And whatever you've found out, you've got to pass it on to your next of kin to make your next move up.

내가 앞으로 나아가면, 그런 나 때문에 뒤로 밀리는 게 있기 마련이다. 그게 우주의 법칙이란 생각이다. 가령, 난 요코의 전남편에게 오랜 시간을 들여 기타 코드 몇 개를 가르쳐줬고 그 덕에 내 기타 실력도 꽤 늘었을 거라고 본다. "남에게 바라는 만큼 해주라"는 격언만큼 간단한 이치다. 당신이 살면서 알게 된 어떤 것이라도 반드시 가족에게 물려주고 다음 단계로 올라가라.

1970년 8월호 《히트 퍼레이더 매거진》.

He [Mahesh Yogi] wasn't a farce. I still meditate now and then. I just found that I couldn't do it every day. It's like exercising, you know. I couldn't get up and touch me toes every day. But the meditation was good and the three months in India produced all those songs in the double album, not the fact that I was in India, the fact of what I was doing, the meditation and how I felt. So they all thought he conned us out of money. He never got a penny out of us.

마헤시 요기 [27]는 웃음거리로 삼을 대상이 아니다.
난 아직도 틈틈이 명상 수련을 한다. 매일 운동을 하려고
마음먹어도 지키지 못하듯이, 규칙적으로 하기 힘들
뿐이다. 인도에서의 명상 수련은 좋았다. 인도에서 지낸
세 달간의 수련 덕분에 이후 발표한 더블앨범에 수록한
음악을 작곡할 수 있었다. 단순히 인도에 다녀왔다는 것보다
그곳에 머무는 동안 우리가 무엇을 하고, 어떤 명상을 하고,
무엇을 느꼈는지가 중요하다. 그리고 우리가 그에게 돈을
뜯겼다는 사람들 말은 어처구니가 없다. 그분은 돈 한 푼 안
받았으니까.

────

1988년 12월호 《T.O. 매거진》.

27. 힌두교 명상법에서 종교적 요소를 제거한 초월 명상법의 창시자.
1967년에 비틀스 멤버들과 만나며 세계적인 명성을 얻게 된다.

ON

WHAT
OTHERS SAY
ABOUT HIM

존 레논에 대한
다른 사람들의 평가

John tried to change the world with his songs.

존은 자신의 노래로 세상을 바꾸려 했다.

아내 요코 오노, 1992년 11월 13일자 《USA 투데이》.

He would definitely have continued to play music. Who knows, he might have toured with Sean and Julian…. I do think he would have continued to paint and write. Music was just one part of his genius. He was truly multitalented and would have written his autobiography and maybe other books which would have been best sellers. He was also a wonderful artist.

오빠는 틀림없이 계속 음악을 했을 것이다. 어쩌면 숀과 줄리언을 데리고 투어를 떠났을지도 모르겠다. 그리고 분명히 글도 계속 쓰고 그림도 그렸을 것이다. 음악은 오빠가 가진 재능의 일면이었을 뿐이다. 오빠는 정말 다방면으로 재능이 있었으니까. 언젠가는 자서전은 물론이고, 여러 권의 베스트셀러를 썼을 것이다. 그림도 정말 잘 그렸는데.

존 레논의 세 명의 이복 여동생 중 하나인 줄리아 베어드, 2004년 10월 8일자 《스코츠맨》(스코틀랜드, 에든버러).

Boxer Cassius Clay, soon to be known as Muhammad Ali,
acknowledged something John Lennon had said by saying:
"You ain't as dumb as you look."
"No. But you are," said John, joking.

무하마드 알리가 아직 캐시어스 클레이란 이름의 권투
선수였을 때 존 레논과 있었던 일화를 언급한 적이 있다.
알리가 "생긴 건 바보 같은데 아니네!"라고 말하자
"그렇지? 그런데 넌 바보네!"라고 존이 농담을 했다.

《뉴욕타임스》의 스포츠 기자인 로버트 립사이트,
비틀스가 5번가 복싱 체육관을 방문한 날에 대해 말했다.
2004년 2월 21일자 《아이리시 타임스》.

I went to New York and photographed him and Yoko [Ono],
and it was such a great experience because he was one of the
Beatles. But he immediately set me at ease and taught me this
wonderful lesson about just being yourself and playing it
as straight as you can. It stuck with me forever, and I sort
of expected the same from everyone and myself – just to be
yourself.

뉴욕에서 존 레논을 만났다. 굉장한 대사건이었다.
비틀스의 멤버였던 존 레논 아닌가. 존과 요코를 촬영하던
날, 긴장한 풋내기 사진작가인 나를 그는 편안하게
대해주었고, 그냥 '내 자신'이 되라고 말했다. 어떤 가식도
없는 솔직한 자신의 모습 그대로 일하라고. 인생에 대한
너무나 멋진 조언이었다. 그날 이후 나는 늘 '자신이 되는'
법을 따라 살아왔다. 다른 많은 사람들도 그럴 수 있기를
바라면서.

유명 인사들의 사진작가 애니 리버비츠가 말하는 초기
《롤링스톤》지 시절의 촬영 비화, 2003년 11월 23일,
《샌디에이고 유니온 트리뷴》에 소개된 내용.

Even if it was cyanide, I would have drunk it.

그게 독극물이었다고 해도 난 기꺼이 마셨을 거다.

비지스의 모리스 깁이 2001년 인터뷰에서 태어나 처음 마신
술이 열일곱 살 때 만난 존 레논이 권한 위스키였음을
추억하면서 한 말이다.
2003년 1월 13일자 《토론토 스타》.

John Lennon was held in great affection in his home city.
We want to build on that tribute by continuing to grow the
airport that bears his name.

존 레논의 고향인 리버풀은 그를 애정으로 품었다.
그의 이름을 달고 새롭게 출발하는 리버풀 존 레논 공항에는
그에게 헌정하는 우리의 마음이 담겨 있다.

리버풀 존 레논 공항 소유주 필 자산관리회사의 상무이사
닐 패케이(Neil Pakey)의 말이다. 2001년 7월 3일자
《인디펜던트》(런던).

After that [when John left his wife Cynthia and son Julian] I only saw him a handful of times before he was killed. Sadly, I never really knew the man. I had a great deal of anger toward dad because of his negligence and his attitude to peace and love. That peace and love never came home to me…. Once I began to look at his life and really understand him, I began to feel so sorry for him, because once he was a guiding light, a star that shone on all of us, until he was sucked into a black hole and all of his strength consumed. Although he was definitely afraid of fatherhood, the combination of that and his life with Yoko Ono led to the real breakdown of our relationship.

그일 이후 (존이 아내 신시아와 아들 줄리언을 떠난 후)
아버지가 살해당하기 전까지 우리가 만난 건 겨우 손에
꼽을 정도였다. 슬픈 건 인간적으로 아버지를 제대로 알
기회가 내게는 없었다는 것이다. 아버지가 많이 미웠다.
아버지로서의 책임을 저버렸기에 화가 났다. 그가 부르짖던
평화와 사랑은 나와는 무관했다. …… 그러다가 그의 삶을
이해하고는 그가 안쓰러워졌다.
그는 별이었고 별빛으로 우리를 비추다가 블랙홀 속으로
소멸해버렸다. 부모 자식 간의 우리 관계는 내 아버지가
될 배짱이 없었던 그와 요코 오노라는 여인과의 새 삶
밖으로 사라졌다.

———

아들인 줄리언 레논의 말, 2000년 12월 7일자
《헤럴드》(스코틀랜드, 글래스고).

The Beatles were formative in my upbringing, my education. They came from a very similar background – the industrial towns in England, working class; they wrote their own songs, conquered the world. That was the blueprint for lots of other British kids to try to do the same. We all miss him [John], and I think about him every time I walk by that building [the Dakota, where he was shot].

성장기의 나에게 비틀스는 중요한 영향을 끼쳤다. 공업 도시 출신에 부모가 노동계급 출신이었다는 점, 무엇보다 그들은 자신들이 만든 음악으로 세상을 정복했다. 비틀스의 행보는 영국의 수많은 젊은 음악가들에게 청사진이 되었다. 그 건물 (존 레논이 총격으로 사망한 다코타 빌딩)을 지날 때마다 그가 떠오른다. 존이 그립다.

스팅, 2000년 12월 3일자 《옵저버》(영국).

When the Beatles were offered the song "How Do You Do It," they didn't like it. John said to Brian Epstein, "That's a really lousy, terrible song. Why don't you give it to Gerry, he'll do it." I still thank him in my prayers for my first number one.

<How Do You Do It>은 원래 비틀스한테 갔던 곡이다. 그런데 그들은 그 곡을 싫어했다. 존은 브라이언 엡스타인에게 이렇게 말했다. "정말 형편없이 허접한 곡이야. 차라리 제리한테나 줘버려! 제리라면 좋다고 할 거야!" 아직도 기도할 때마다 존에게 감사한다. 그 녀석 덕분에 내 생애 최초의 넘버 원 싱글이 생겼으니.

비틀스와 마찬가지로 브라이언 엡스타인과 계약했던 영국 밴드 제리 앤드 더 페이스메이커스의 제리 마스덴, 2000년 12월 2일 자 《타임스》(런던).

I'd try to lead an ordinary life … stay out of the papers.
There's not too many places to go once you've killed someone
like John Lennon.

눈에 띄지 않고 평범하게 살고 싶다.
신문에 나는 일 없도록 조심하면서……
그렇지만 존 레논의 살해범인 내가 숨어 지낼 곳은 많지
않다.

석방된다면 무엇을 하고 싶냐는 질문에 마크 데이비드 채프먼이
한 말이다. 2000년 10월 2일자《오스트레일리안》에 소개된
내용[28].

28. 2000년부터 이어진 아홉 번의 가석방 신청이 전부 기각되었고
2018년 8월 이후 열 번째 가석방 신청이 가능하다.

John Lennon is a very large industry. There are greeting cards, glasses, hats, T-shirts, tote bags, and even barbecue aprons, but it denigrates him. This crass, gross merchandising in the name of John Lennon is a deep and great shame. We would be better off knowing the truth about this great artist, that he was a disturbed, twisted, emotionally retarded, wonderful genius.

존 레논 브랜드 산업이 쏟아내는 물품은 다양하다. 연하장, 안경테, 모자, 티셔츠, 에코백, 심지어는 바비큐용 앞치마까지. 그의 이름을 폄하하는 유치하고 무분별한 상업주의가 못마땅한 건 어디까지나 그런 것이 위대한 예술가 존 레논의 실체와 거리가 멀기 때문이다. 우리는 불안하고 뒤틀린 성격에, 정서적으로 미숙했던 놀라운 천재 존 레논에 대한 진실을 제대로 이해할 필요가 있다.

『Lennon in America』의 저자 제프리 줄리아노, 2000년 4월 19일자 《헤럴드》(스코틀랜드, 글래스고).

I can't tell you how many times I've walked into a store or mall and heard my dad singing. I just get this really nice feeling, as if he's saying, "Hey, how are you?" or "I'm still around." It's almost magical.

백화점이나 마트에 가면 아빠의 노래를 들을 수 있었는데
얼마나 자주 흘러나왔는지 셀 수 없을 정도이다.
그럴 때마다 기분이 좋았다. 마치 내게 "잘 지내니?"라고
묻거나 "난 아직 네 곁에 있단다!"라고 말하는 것 같았다.
꼭 마법 같았다.

───────

아들 줄리언 레논이 《점프》에서 소개한 내용,
1998년 12월 14일자 《가제트》에 인용.

When we were kids we always used to say,

"OK, whoever dies first, get a message through." When John

died, I thought, "Well, maybe we'll get a message," because

I know he knew the deal. I haven't had a message from John.

어릴 때 우리끼리 했던 말이 있다.

"누구든지 먼저 죽는 쪽이 어떻게든 이쪽으로 연락하기다!"

그래서 존이 죽었다는 소식을 들었을 때 난 어쩌면 그에게서

메시지가 올지도 모른다고 생각했다. 존이 그 약속을 잊을

리 없을 테니까. (하지만) 그에게선 아직 어떤 메시지도

받지 못했다.

폴 매카트니, 1997년 12월 10일자 《탬파 트리뷴》
(플로리다)에서.

But he had a good married relationship with [John's first wife] Cynthia. It was when drugs came on the scene that things went wrong. The women in my family are all strong creatures. John was very weak and Cynthia wasn't strong enough for him. John wanted his mother and he replaced her with Yoko.

존과 첫 번째 아내 신시아와의 결혼생활은 평탄한 편이었다. 둘의 관계를 망친 건 결국 마약이었다. 대대로 우리 집안 여자들은 성격이 강했다. 신시아 역시 강한 여자였지만 약해 빠진 존을 감당할 만큼은 아니었다. 엄마를 대신할 사람을 원했던 존의 눈엔 요코 오노가 그런 여자였다.

존의 이복동생 줄리아, 1996년 3월 30일자 《쿠리어 메일》 (호주, 퀸즐랜드).

None of us [the Beatles] ever got taught music, and John Lennon never passed an exam in his life.

누구도 우리(비틀스)에게 음악을 가르친 적이 없고
존 레논은 평생 그 어떤 시험에도 합격한 적이 없다.

폴 매카트니, 1990년 12월 31일자 《헤럴드 선》(호주).

It is so sad to watch this movie.

It is about the life and death, the poetry, and the music of a very important man. For me, it is very emotional.

무척 슬픈 영화다.

매우 중요한 인물의 삶과 죽음, 남겨진 시와 음악을 다룬 영화다.

감정을 주체하기가 쉽지 않다.

――――

1988년 제작, 발표된 앤드루 솔트 감독의 존 레논 다큐멘터리 영화, <Imagine: John Lennon>에 대해 전처 신시아 레논이 한 말이다.

1988년 11월 10일자 《애드버타이저》.

It is John. He was a very complex person and all aspects of his emotions and his life have been covered. You will see from all different angles what John really was about.

존은 누구였는가?
질문에 답하면서 영화는 모든 관점으로 그를 바라본다.
복잡 미묘한 인생의 굴곡에 드러난 그의 지성과 성격을
총체적으로 다루고 있다.
진짜 존은 이 영화 안에 있다.

<Imagine: John Lennon>(디큐멘터리)에 대해 요코 오노 가
한 말이다.
1988년 10월 2일자 《토론토 스타》.

———

We don't like their sound.

Groups of guitars are on the way out....

개네 음악 별로야.

기타 몇 대로 버티는 그룹 음악은 한물갔어.

———

1962년에 음반사 데카의 임직원들이 비틀스와의 장기 계약을 거절하면서 한 말이다.

스티븐 파일의 책 『The Book of Heroic Failures』에 소개된 내용.

Visually they are a nightmare…. Musically they are a near disaster, and the lyrics punctuated by nutty shouts of "yeah, yeah, yeah" are a catastrophe, a preposterous farrago of Valentine-card romantic sentiments.

시각적으로는 꿈에 나올까 무섭다…… 음악적으론 재앙이 따로 없다. '예, 예, 예' 따위의 정신 나간 고함이 간혹 튀어나오는 가사는 처참하다. 밸런타인데이 카드에나 어울릴 낯간지러운 감상들이 뒤섞인 잡탕이나 다름없다.

1964년, 비틀스가 〈에드 설리번 쇼〉에 출연해 선보인 공연에 대한 《뉴스위크》의 리뷰. 2004년 3월 1일 《뉴욕타임스》에서 인용.

He has too many of the wrong ambitions, and his energy is too often misplaced.

이 학생은 엇나간 목표가 너무 많아서 엉뚱한 데 기력을 소진하고 있습니다.

존 레논의 중학교 성적표에 교장이 쓴 평가로, 1956년 여름, 당시 레논은 열다섯 살이었다. 2004년 2월 19일자 《롤링스톤》에 소개된 내용.

I was feeling like I was worthless, and maybe the root of it is a self-esteem issue. I felt like nothing, and I felt if I shot him, I would become something, which is not true at all.

내가 무의미하고 가치 없는 사람처럼 느껴졌고
그를 쏴버리면 뭐라도 되겠지 싶었다.
결코 그럴 리 없었는데.

마크 데이비드 채프먼이 2000년 10월 3일 가석방 심리 중에 한
말이다.

새로운 세계를 만든 존 레논을 추억하며

과거의 흔적은 잘 감춰둔 물건처럼 눈에 띄지 않지만 바로 눈앞에 두고 알아보지 못하는 단서처럼 우릴 빤히 보고 있다. 우린 과거를 놓친 게 맞지만 잃어버린 것은 아니다.

과거와 무관한 듯 지나가는 하루하루, 불쑥 나타난 크리스마스의 유령이 이끄는 과거로의 일탈은 눈가리개를 씌운 말처럼 앞만 보고 달리는 삶을 회한케 한다. 초등학교 졸업을 축하하기 위해 어머니가 밤새 만들어준 화관, 늘 지나치던 맥도날드의 골든 아치가 유난히 도드라져 보이는 출근길, 태어나서 처음 먹어본 치킨 맥 너깃의 냄새(열네 살 때 가족과 함께 이민길에 오른 바로 다음 날 미국 땅에서 첫 점심으로 먹은 메뉴), 클랩튼 Eric Clapton의 어쿠스틱 블루스를 처음 듣던 얼어붙은 호숫가의 밤.

그래서 누군가(존경하는 뮤지션 중)를 추모해야 한다면 이 사람일 것이다, 라고, 아직 눈 시퍼렇게 뜨고 살아 있는 그를 미리 추모하던 스무 살의 치기를 추억해본다. (이젠 라디오에서 그의 노래 듣기는 하늘에 별 따기지만.)

열여섯 살에 운전을 시작하고 제일 좋았던 것 두 가지가 있다. 하나는 담배를 맘껏 피우는 거였고, 또 하나는 좋아하는 음악을 크게 듣는 거였다. 이 두 가지의 조합이 좋아서, 새벽에도 차를 몰고 정처 없이 달리곤 했다. 비틀스의 <Penny Lane>을 크게 틀어놓고 따라 부르다가 눈물이 난 적이 있다. 조지 해리슨의 솔로 앨범 <Cloud Nine>과 사랑에 빠졌있다. (해리슨이 나의 최애 비틀이었다.)

유독 존 레논에 대한 언급이 없어서 그렇다면 이게 무슨 역사 후기냐며 난감해할 수 있겠지만 사실 난 그의 음악을 늦게 알았다. 그나마 서른 살 이전에 알았기에 다행이다. 서른이 넘어가면서 알게 된 새로운 음악에 대한 편견은 더 이상 깰 수 없다. 태양 아래 새로운 것이 전혀 없어 보였다. (그때 이후 그런 교만은 여전하다.) 현재는 과거의 복기이며 모든 음악의 형식이 재생 recycling되었다고 믿는 것이다. 하지만 인류가 언제 넘어실 한계가 없어서 포기한 역사가 있었던가? 우주가 되었건, 양자 물리학의 세계가 되었건 경계선은 새롭게 만들 텐데 내가 걱정할 일이 아니다. 존 레논, 그의 음악과 사상은 과거의 누군가에게는 넘고 싶은 한계였고 도전이었을 것이다. 난 그를 최고의 안티히어로 anti-hero의 반열에 올리고 싶다. (개인적으로.)

돌이켜 생각해보면, 그때는 몰랐지만 그의 음악, 그의 가사는 위정자들을 향한 시원한 사이다 발언이고, 욕이었다. 인터뷰에서의 그의 도발적인 유머와 거드름은 록 스타로서 지위에 걸맞았다. 기레기 저널리즘이 판치는 요즘 그가 살아 있었다면 미디어와 전쟁을 신포했을 것이며 그가 벌이는 설전은 내 가슴을 뛰게 했을 것이다. (고 신해철이 그리운 이유처럼.)

그러나 이 시대의 안티히어로는 마블사 Marvel 가 전담하고 있다.

기억의 복기와 재생은 인류의 생존 원리다. 시절을 그리워 miss 하시만 놓쳐버린 missed 과거의 시간을 잃어버리지 않고 기록한다. 지나간 시간, 유한한 기억…… 하지만 그 기억의 불씨는 꺼지는 법이 없다. 생각을 좇아간다는 뜻의 추억 追憶, 어쩌면 생각을 넓히고 확충하다는 뜻의 추억 推憶 일 듯하다. 난 그러고 있으니까. 존 레논에 대한 지극히 개인적인 경험으로. 그의 음악과 인생사는 우리의 과거를 마주 보는 아주 훌륭한 단서이기에. 그 과거가 어떤 의미가 있든 간에.

2018년 겨울
이승열

존 레논의 말

1판 1쇄 인쇄 2019년 1월 2일
1판 1쇄 발행 2019년 1월 7일

지은이 켄 로런스 옮긴이 이승열
펴낸이 김영곤
펴낸곳 아르테

문학사업본부 본부장 원미선
문학기획팀 이승희 김지영 이지혜 인수
문학마케팅팀 정유선 임동렬 조윤선 배한진
문학영업팀 권장규 오서영
홍보팀장 이혜연   제작팀장 이영민

출판등록 2000년 5월 6일 제406-2003-061호
주소 (우 10881) 경기도 파주시 회동길 201(문발동)
대표전화 031-955-2100   팩스 031-955-2151

ISBN 978-89-509-7866-2 (03840)
아르테는 (주) 북이십일의 문학 브랜드입니다.

(주) 북이십일 경계를 허무는 콘텐츠 리더
아르테 채널에서 도서 정보와 다양한 영상자료, 이벤트를 만나세요!
네이버오디오클립/팟캐스트[클래식클라우드]김태훈의 책보다 여행
페이스북 facebook.com/21arte   블로그 arte.kro.kr
인스타그램 instagram.com/21_arte   홈페이지 arte.book21.com